달빛
조각사

달빛 조각사 10

2008년 2월 22일 초판 1쇄 인쇄
2008년 2월 23일 초판 1쇄 발행

지은이 남희성
발행인 이종주

편집장 김진웅
기획 팀장 김명국
책임 편집 이세종

발행처 (주)로크미디어
출판등록 2003년 3월 24일
주소 서울시 용산구 청파동3가 119-2 진여원BD 5층
Tel (02)3273-5135 Fax (02)3273-5134
홈페이지 rokmedia.com · **E-mail** rokmedia@empal.com

ⓒ 남희성, 2007

값 8,000원

ISBN 978-89-257-0395-4 (10권)
ISBN 978-89-5857-902-1 04810 (세트)

이 책은 (주)로크미디어가 저작권자와의 계약에 따라
발행한 것이므로 본서의 내용을 무단 복제하는 것은
저작권법에 의해 금지되어 있습니다.

작가와의 협의에 의해 인지는 생략합니다.
잘못된 책은 바꾸어 드립니다.

남희성 게임 판타지 소설

차례

해골 병사 위드   7

근원의 스켈레톤   33

언데드 라이즈   61

일점 공격술   89

니플하임 제국의 보물   121

생일 파티   149

하이 엘프의 활   175

빛의 탑   211

집결   261

토둠   289

해골 병사 위드

The Legendary Moonlight Sculptor

로열 로드의 홈페이지는 다시금 달아오르고 있었다.

최초는 차가운 장미 길드에서 명예의 전당에 올려놓은 동영상으로 시작되었다.

보십시오! 이것이 북부 원정대의 싸움입니다.

흰 설원에서 시작하여 죽음의 계곡으로 들어가서 벌어지는 전투!

악령 병사나 하수인, 리저드 킹 들과 원정대가 싸우고 있었다.

실시간으로 벌어지는 로열 로드 내의 전투가 오베론 명의로 명예의 전당에 등록되는 중이었다. 하지만 그에 대한 반응은 시시했다.

"이번에는 어떤 계곡에서 전투를 벌이고 있나 보죠?"

"또 무슨 허탕을 치려고 저러지?"

사람들은 원정대에 미련을 버렸다. 베르사 대륙의 시간으로 2달이 넘도록 헤매고 있는 원정대는 비웃음의 대상일 뿐이었다.

그런데 사람들의 반응이 바뀌게 된 것은 동영상이 좀 더 진행되고 난 이후였다.

죽음의 계곡으로 깊숙하게 들어가게 되면서부터 나타나는 몬스터의 숫자가 대폭 늘어났다. 정체가 알려지지 않은 엠비뉴의 사제들이 뿌려 대는 마법과 원정대의 분전!

"볼만한데……."

"역시 명문 길드가 이끄는 원정대답네요. 저런 몬스터들과 호각으로 싸우고 있잖아요."

"굉장한 전투네."

흰 눈과 얼음으로 둘러싸인 죽음의 계곡에서 펼치는 원정대의 사력을 다한 돌파는 흥미진진했다. 박진감 넘치는 액션 영화를 보는 것처럼, 실제 그들 중의 한 사람이 되어서 싸우는 느낌을 주었다.

소문을 듣고 동영상을 시청하는 사람들이 급속도로 늘었다. 명예의 전당은 늘 사람들의 관심을 받고 있었기 때문에 시청자들이 늘어나는 것은 한순간이었다.

"분위기가 뭔가 해낼 것 같기도 한데요?"

"에이, 설마요."

"등장하는 몬스터들의 수준이 상당히 높아요. 북부라고 해도 저렇게 강한 몬스터들이 떼를 지어서 나오는 곳이 흔하진 않을 텐데……."

"이번엔 제대로 찾아간 걸까요?"

사람들은 반신반의했다. 그러면서 원정대에 기대를 거는 이들도 생겨났다.

"용기 있게 북부 대륙까지 탐험을 떠난 원정대는 처음이잖아요. 믿고 기다려 봅시다."

"원정대가 성공했으면 좋겠네요."

"후덥지근하고 더워 죽겠어요. 이마에서부터 땀이 줄줄 흘러서 움직이기도 힘들어요. 체력도 금방 소모되고요."

"서늘한 던전이나 강물 근처는 인산인해라니까요. 명문 길드들이 차지하고 있는 곳은 차마 들어갈 수도 없고."

"움직임이 적은 마법사나 성직자들은 낫죠. 전사들은 정말 못 해 먹겠습니다."

베르사 대륙이 더워진 이후로 사람들은 저마다 힘들어하고 있었다.

던전이나 산에 있는 사냥터의 가치가 폭등했다. 체력 소모가 심해져서 사냥도 훨씬 어려워졌고, 각 길드들은 영역을 확장하기 위하여 더욱 치열하게 전쟁을 벌였다.

다만 그러는 와중에도 즐거움을 누리는 이들은 물론 있었다.

재봉사들에게는 그동안 만들어 본 적이 없는 비키니의 주문이 쇄도했다. 몸을 검게 태운다면서 갑옷과 옷을 벗고 선탠을 즐기는 글래머 여성들, 근육질 남성들이 출현한 것이다.

이는 로열 로드에 나타난 또 하나의 변화였다.

강가에는 수영을 하는 사람들이 대폭 늘어나고, 축제가 끊이지 않는다.

한여름의 바닷가처럼 더위를 잊기 위해 몸부림을 치는 사람들!

여유로운 마음만 있다면 어디서든 즐거움을 찾을 수 있었다.

강가나 바닷가의 마을과 성 들은 눈요기를 하기 위해 모여든 인파로 붐볐다.

하지만 그래도 더위를 미친 듯이 좋아하는 사람들은 드물었다. 한낮에는 강물마저도 미지근할 정도라서 수영을 즐기기는 어렵다. 게다가 언제까지 피서만 즐길 수도 없는 노릇이다.

대부분의 사람들은 억지로 더위를 참으면서 활동하고 있었으니 조금씩 짜증이 날 수밖에 없다.

"원정대가 성공을 해 주었으면 좋겠어요."

"이번에야말로 잘해야 할 텐데……."

"부디 잘 해내기를……."

사람들은 응원을 하기 시작했다. 원정대가 성공하고 돌아오기를 기원하고 있었다.

"그런데 만약에 정말로 성공한다면 어떻게 될까요?"

"그야 차가운 장미 길드는 엄청난 명성을 얻겠죠. 신규 유저를 대거 받아들이면서 부와 세력까지 형성할 수 있을지도 몰라요."

"과연 그걸로 끝날까요? 오베론의 신망과 인덕, 거기에 이런 무모한 도전까지 하는 용감한 길드라면 상상 이상으로 커질 수도 있을 것 같은데……."

"최소한 서열 5위권 내로 도약할 수 있을지도 모르죠."

명예의 전당에 올라오는 동영상을 보는 유저들은 그러한 전망을 내리고 있었다.

그때 누군가가 글을 올렸다.

체이스라는 별명을 가진 유저였다. 모르는 사람보다는 아는 사람이 훨씬 많은 로열 로드의 유명인이다.

1달쯤 전 퀘스트를 하던 도중에, 주점의 주인으로부터 들은 이야기가 있습니다.

체이스가 글을 올리니 모든 사람들이 집중했다.

"체이스 님이다."

"서열 100위 안에 들어간다는 고레벨 유저? 평소에 글을 잘 쓰지 않는 분인데 도대체 무슨 일일까?"

잔뜩 호기심을 자극한 이후에 체이스는 느긋하게 다음 글을 올렸다.

제가 들은 이야기는 간단합니다.
'대륙의 날씨를 다시 시원하게 만들려면 어떤 마녀가 가지고 있던 물건을 신의 제단에 바쳐야 된다.'
신의 제단은 에데른에 있죠. 그래서 베르사 대륙의 역사서를 보며 마녀들에 대해서 정보를 조사해 왔습니다. 그 결과 얼음의 마녀 세르비안에 대한 기록을 찾아냈죠.
마녀 세르비안의 깨진 구슬.
베르사 대륙의 역사서를 통해서 알아낸 정보입니다. 그 물건은 위치를 알 수 없는 어떤 계곡에 있다던데… 아마도 원정대가 전투를 벌이고 있는 장소가 바로 그곳인 것 같습니다.

체이스의 글은 활활 타오르던 곳에 기름을 부은 격이었다.
"원정대가 마녀 세르비안의 깨진 구슬이 있는 곳을 찾아냈다!"
"원정대가 하는 전투가 베르사 대륙의 더위와 관련이 있을 거라고 체이스 님이 말했어!"
"드디어 베르사 대륙의 더위를 날려 버릴 수 있는 퀘스트

가 진행되고 있는 건가?"

마녀 세르비안의 깨진 구슬은 일종의 액세서리에 해당이 되는 물품이었다. 특별한 힘은 없지만 주변의 기후를 조종할 수 있다고 알려져 있다.

다만 끊임없이 사용자의 생명력을 갉아먹으며, 빙계 마법을 전문적으로 익힌 마법사가 아니라면 건드리는 것만으로 몸이 얼어 버린다는 저주받은 아이템이었다.

사람들의 이목은 명예의 전당에 올라오는 동영상에 집중되었다.

KMC미디어, CTS미디어를 비롯한 게임 전문 방송국에서도 정규 방송을 중단하고 속보를 내보내기로 결정했다. 베르사 대륙의 소식들을 실시간으로, 정확히 알려 주는 것이 목적이기 때문에 이러한 큰 이슈를 놓칠 수 없었다.

방송 화면이 죽음의 계곡 전투를 보여 주는 가운데, 원정대는 마침내 죽음의 계곡 깊숙한 곳까지 다다랐다. 그리고 그곳에서 거대한 무언가가 떠올랐다.

본 드래곤!

언데드 최강의 생명체였다.

본 드래곤이 포효하며 발을 구를 때마다 지축이 뒤흔들

렸다.

쿠아아앙!

"으악! 피해!"

"땅이 갈라진다!"

"벽에 가까이 붙지 마라! 위에서 얼음 덩어리들이 굴러 떨어지고 있어!"

원정대원들은 혼란에 빠졌다.

단 한 번도 잡힌 적은커녕 나타난 적도 없는 본 드래곤.

이곳이 보통의 평원이라면 훨씬 쉽게 싸울 수 있었으리라. 대지에 발을 붙이고 생명력이 다할 때까지 시원하게 적과 붙으면 된다.

그런데 이곳의 땅바닥은 얼음이다. 굉장히 미끄럽고 불안정하다. 설상가상으로 본 드래곤이 움직일 때마다 지진이라도 난 것처럼 흔들렸다.

"기사들은 돌진하라!"

"망할. 균형을 잡기가 힘들어!"

검을 들고 달려가던 기사나 검사, 워리어 들은 얼음에 흔들릴 때마다 미끄러져 넘어지기 일쑤였다. 아무리 강력한 돌격이라 하여도 발이 꼬이는 것은 막을 수 없었던 것.

원정대 사이에서 불평이 터져 나왔다.

"이대로라면 뭉쳐 있다가 개죽음을 당한다. 마법사들은 뭣 하나. 공격 마법을 사용해!"

"마법을 쓰려고 해도… 빌어먹을! 본 드래곤의 포효 때문에 몸이 말을 안 듣는다."

본 드래곤의 포효.

일종의 드래곤 피어였다.

열등한 생명체에게 가하는 정신적인 압박!

멧돼지나 여우 같은 짐승들은 수천 마리가 모여 있다고 해도 모두 쓰러져 죽어 버린다.

그런 가공할 본 드래곤의 정신적인 공포에 마법사들은 몸을 떨었다.

-마법이 실패하였습니다.
 마나가 역류합니다.

수인을 맺는 손이 떨리고, 말이 제대로 나오지 않는다. 애써 성공한 주문들도 열에 아홉 이상이 실패하고 있었다.

"파, 파이어… 윌. 크아아악!"

공격을 하려던 마법이 실패하여 오히려 마법사의 몸에 불이 붙어 활활 타올랐다.

그런 광경들은 마법사들의 입을 얼게 만들었다.

"맙소사. 세상에……."

"이런 몬스터는 처음 봐."

본 드래곤의 레벨은 400대 후반 정도로 알려져 있다.

원정대에는 레벨이 300대 후반인 유저들도 상당수 있었다. 하지만 레벨 100개 정도의 차이라고 말하기에는 믿기 힘들 정도의 강함이었다.

레벨은 높아질수록 그 격차를 더욱 현격하게 드러낸다.

더군다나 본 드래곤은 대형에 마법과 비행이 가능한 보스 몬스터!

더욱 상대를 하기 힘든 이유였다.

"어, 리, 석, 은, 인, 간, 들, 이, 여!"

본 드래곤이 의사를 전달했다.

뼈로만 만들어진 몸.

눈이 있어야 할 부위에 검푸른 광채가 빛나고 있었다.

"이, 곳, 은, 모, 든, 이, 들, 의, 무, 덤."

본 드래곤이 말을 할 때마다 얼음들이 저절로 파열됐다.

"너, 희, 들, 의, 안, 식, 처, 가, 될, 장, 소, 이, 다."

본 드래곤은 뼈로 된 날개를 펼쳤다.

파라라락!

몸에 접고 있을 때도 컸던 날개가 활짝 펼쳐졌다.

죽음의 계곡을 가득 덮을 정도로 넓은 날개.

본 드래곤은 웅장하게 하늘로 치솟았다. 그리고 거꾸로 하강하며 발과 머리를 이용해서 사람들을 집어삼켰다.

"젠장."

"제대로 걸렸구나. 여기가 우리의 무덤이 되고 말 거야!"

차가운 장미 길드만 믿고 따라온 일부 원정대원들의 눈가

에 절망이 어렸다.

본 드래곤!

신화에나 나오던 전설적인 몬스터와 싸워야 하다니.

하지만 차가운 장미 길드는 오히려 더욱 의욕에 불타올랐다. 동맹 길드들 또한 조금도 투지를 잃지 않았다.

"본 드래곤이다."

"놈을 사냥할 수 있는 절호의 기회다."

본 드래곤이 아직까지 단 한 번도 사냥당한 적이 없는 몬스터임에는 틀림이 없다.

하지만 그 이유가 본 드래곤이 무적이기 때문은 아니었다. 지금까지 대륙에서는 본 드래곤이 발견된 적이 없다. 즉 대단히 희귀하다는 특성상, 단지 만날 수가 없었을 뿐이다.

레벨 400이 넘는 보스 급 몬스터들은 출현하자마자 던전을 장악하고 있는 길드들이 힘을 모아 집단 사냥에 나선다.

본 드래곤이라고 해도 결국은 몬스터!

"공격해라!"

"희생을 감수하고서라도 놈을 처치해야 한다! 그러지 않으면 여기까지 온 것이 무의미한 일이 될 거야."

오베론이 이끄는 원정대는 본 드래곤을 향해 우르르 달려들었다.

쿠르르릉 — 쾅쾅!

본 드래곤이 사용하는 화염 마법, 빙계 마법이 작렬했다.

리 착하면 남들에게 이용이나 당하고, 서러움만 쌓이기 마련이지."

먼저 때린 놈이 이긴다.

한 대라도 더 때려야 속이 시원하다.

맞으면 잠이 안 온다.

돈 많은 놈이 장땡이다!

이런 주옥같은 명언들도 있지 않은가.

역시 세상은 바르고 곧게 살 필요가 없는 것이다.

위드가 착용할 수 있는 물품은 몇 가지가 더 있었다.

"감정!"

바르칸이 직접 저술한 네크로맨서의 마법서 : 내구력 30/30.
흑마법에서 두 번째로 어려운 학문인 언데드의 제조에 대해 적혀 있는 마법서. 기초 수준에서부터 고급 단계에 이르기까지 언데드에 대한 모든 제조법이 적혀 있다.
천재적인 마법사 바르칸 데모프가 직접 저술하여, 이해하기는 어렵지 않다.
다만 언데드를 생성하고 다루는 데에는 막대한 마나가 필요하므로 함부로 사용할 수는 없을 것 같다.
제한 : 직업 마법사. 레벨 300. 지혜 500. 마나 8,000.
  네크로맨서로의 전직이 가능함.
옵션 : 흑마법에 대한 저항력 +25.
  언데드를 제조하는 능력 +2.
  지성을 갖춘 보스 언데드를 만들 수 있다.
  언데드의 생명력이 향상되며, 신성력에 대한 저항력이 생긴다.

검사, 기사, 워리어, 팔라딘 들이 그 사이를 뚫고 용감하게 돌진했다.

"크, 아, 아, 아, 아!"

본 드래곤의 절규.

죽음의 계곡의 언덕에서 산사태가 일어난다. 눈과 얼음들이 거침없이 흘러내렸다.

"마법사 부대는 공격 마법을! 뭐든 써서 본 드래곤을 격추하라!"

오베론의 지휘에, 마법사들은 목숨을 걸고 따랐다.

"내 모든 마나를 이곳에 모아……."

"환하게 불태우리니……."

"적을 향한 분노의 일격이 되어라."

"마나 번!"

마법사들이 가지고 있는 마나를 한꺼번에 사용하는 공격 마법.

그 후에는 마나가 소진되어서 장시간의 휴식이 필요하기에 잘 사용하지 않는 마법이었다. 하지만 상황이 너무나 급박했다.

땅바닥의 얼음들이 쩍쩍 갈라지고, 양옆의 절벽에서는 눈과 얼음들이 쏟아진다. 이러한 혼란 상황에서는 본 드래곤에게 강력한 일격을 먹여 줄 필요가 있었던 것.

마법사들로부터 생성되어 일제히 날아간 빛의 기둥들이

본 드래곤에게 작렬했다.

상당수 마법사들은 마법 실패로 인하여 목숨을 잃었지만, 그러한 희생마저도 감수했다.

꽈아아앙!

하늘을 날아다니던 본 드래곤은 그대로 지상으로 추락했다. 얼음이 크게 부서지면서 바닥에 거꾸로 처박힌 것이다.

"이때다."

"지금이 기회야."

"다시 날 수 없게 만들자."

"공격하라!"

원정대의 전사들은 추락한 본 드래곤을 향해 쇄도했다.

"크, 오, 오, 오……!"

본 드래곤은 뼈마디로 이루어진 꼬리를 채찍처럼 휘두르며 스스로를 보호하려고 했다.

"쳐라!"

오베론이 용감하게 부르짖으며 땅딸막한 몸으로 뛰어올랐다. 공중에서 날렵하게 2회전을 하며 망치로 본 드래곤의 몸통을 두들겼다.

강하게 두들긴 한차례의 공격에는 오베론의 전력이 다 들어 있었다.

"윙 스매쉬!"

일정 확률에 따라 상대방을 스턴 상태에 빠지게 만들며,

그 자체의 데미지도 굉장한 워리어 전용 스킬!

본 드래곤은 대형 몬스터라서 물리적인 스턴 공격에는 면역이 되어 있었다. 그럼에도 그 데미지는 여지없이 들어갔다.

다른 워리어나 팔라딘, 검사, 기사 들도 본 드래곤에게 다가가서 칼질을 개시했다.

"연속 베기!"

"스마이트!"

"홀리 어택!"

무려 200여 명의 고레벨 유저들이 붙어서 공격을 한다. 가랑비에 옷 젖는다는 말처럼 차곡차곡 본 드래곤을 두들기고 있었다.

본 드래곤이 거대한 육체를 움직이며 저항했지만, 워리어들이 선두에 서서 그러한 공격들을 몸으로 받아 주었다.

성직자들은 그들의 떨어지는 체력과 생명력을 회복시켜 주기에 바빴다.

다른 원정대원들도 정신을 차렸다.

차가운 장미 길드나, 그들과 어깨를 나란히 하는 동맹 길드 소속은 아니었다. 그럼에도 북부까지 따라올 정도로 용기 있는 자들인 만큼 힘을 내서 싸웠다.

"우리가 본 드래곤을 죽이는 건 힘들겠지만, 나머지 몬스터라도 처리하자."

"사제들 그리고 악령 병사, 추종자 들이 우리의 몫이다."

원정대원들 일부는 몬스터 소탕전에 나섰다. 그러면서 죽음의 계곡 안은 난전에 접어들었다.

오베론이 소리쳤다.

"드럼!"

"예, 대장!"

"얼마나 더 쳐야 되지?"

"지금 확인해 보겠습니다."

드럼은 로브를 휘날리면서 민첩하게 얼음 바닥을 쭉 미끄러져 왔다. 그가 사용하려는 마법은 일정한 간격 안에서만 통하기 때문이다.

"움트고 있는 생명력. 그 전부를 보여 다오. 뷰 라이프 포스!"

몬스터의 상태와 잔여 생명력을 확인할 수 있는 마법.

드럼의 눈앞에 본 드래곤의 상황이 떴다.

띠링!

본 드래곤 쿠렌베르크
사악한 악룡이 증오의 힘을 버리지 않아 언데드로 되살아났다.
본래 포악한 레드 드래곤이었지만 언데드로 변한 이후 더욱 광폭해졌다.

생명력 :	74%
마 나 :	12%

"커억!"
드렁은 숨이 멎을 것처럼 놀랐다.
신 나게 본 드래곤을 때리고 있던 오베론이 물었다.
"얼마나 남았지?"
"아직도 74%나 남았습니다."
"뭐라고?"
"본 드래곤의 생명력이 어마어마합니다. 죽으려면 아직 한참이나 남았다는 얘깁니다."
지금까지 때려 놓은 것이 겨우 약 사분의 일 정도!
대형 몬스터 본 드래곤답게 무지막지한 생명력을 자랑했다.

위드는 자리에서 일어나려고 했지만 마음대로 되지 않았.
팔다리에는 힘이 넘치고 몸은 너무나도 가볍다.
"이것은?"
위드는 자신의 몸을 내려다보고는 깜짝 놀랐다. 앙상한 해골에 갈비뼈, 근육과 살이라고는 전혀 붙어 있지 않았다.
"내가 스켈레톤으로 변한 건가?"
해골 병사.
그것도 보스 급이라고 할 수 있는 근원의 스켈레톤으로 변하고 말았다.

위드는 과거를 떠올렸다.

불사의 군단 퀘스트를 해결했을 때였다. 그때에 바라볼로부터 죽음을 거부할 수 있는 힘을 얻었다.

본 드래곤의 브레스에 의하여 생명력이 다 떨어진 이후, 스켈레톤으로 재탄생하게 된 것이다.

"그보다도, 급한 일이 있지."

위드는 서윤과 알베론의 안위부터 확인했다.

본 드래곤의 브레스가 보급대를 쓸어버렸지만 서윤은 그 전부터 몬스터들과 싸우고 있었기에 화를 면했다.

알베론도 다행히 아직 무사했다.

사제가 상인들이나 생산직 직업들이 모여 있는 보급대에 붙어 있어 봐야 득 될 건 하나도 없다. 알베론의 레벨과 스킬이 상승될 때마다 프레야 교단의 공적치가 오른다. 축복과 치료를 통해 레벨을 올리라고 원정대의 성직자들이 모여 있는 장소로 파견했는데, 그 덕에 살 수 있었던 것이다.

위드는 파티가 설정되어 있는 알베론에게 귓속말을 보냈다.

-알베론.

알베론은 주변의 다친 사람을 바쁘게 치료하던 중에도 즉시 반응했다. 위드와의 친밀도가 있으니 어떤 경우라도 말을 잘 듣는 편이었다.

-위드 님, 살아 계셨군요. 돌아가신 줄 알았습니다.

-프레야 여신님의 가호 덕분에 다시 살아날 수 있었다. 정

확히 말하자면 네크로맨서들의 능력에 의한 것이지만, 이 또한 여신님의 축복이 있기에 가능했을 테니.

 -모든 조화가 여신님의 뜻대로.
 -모든 조화가 여신님의 뜻대로.

 상대방을 치켜세우는 것만이 아부가 아니다. 상대방이 존중하는 대상도 아부의 수단으로 유용하게 사용할 수 있다.

 위드의 아부는 조금이라도 불리한 상황에 처하면 저절로 튀어나왔다.

 언데드로 변한 것을 프레야 교단의 사제인 알베론에게 지적당하여 친밀도가 하락하지 않게 하기 위해서였다.

 친밀도가 수준 이하, 신뢰도마저 낮다면 언데드로 변한 것 때문에 알베론이 변절할 수도 있다. 하지만 착한 알베론은 위드를 있는 그대로 받아들여 주었다.

 -그보다도 알베론, 명령이다. 이 죽음의 계곡에서의 모든 치료와 지원 행위를 중단해.
 -예. 위드 님의 말씀이라면 따르겠습니다.
 -우선 조심해서, 눈에 띄지 않게 뒤쪽으로 물러 나오도록.

 알베론은 전투의 와중에 몸을 뒤로 뺐다.

 성직자들이나 마법사들은 마나 보충을 위한 명상을 위해서라도 별도로 휴식을 취하는 경우가 많았으니 의심을 사진 않았다.

 위드는 이번에는 금인이에게 귓속말을 보냈다.

─금인아.

─주인. 골골골!

─와일이와 같이 알베론을 우리가 머물렀던 은신처에 데려다 놓고 와라.

─알겠다, 주인!

위드는 금인이와 와이번까지 동원해서 알베론을 피신시키도록 했다.

'어차피 내가 스켈레톤으로 변해 버려서 신성력이 통하지도 않으니까.'

게다가 알베론을 그대로 내버려 두어도 될 만큼 전투가 안전하질 못했다.

"크악!"

"놈들의 저주 마법을 막아!"

"사제들부터 처리해야 된다."

엠비뉴 교단의 사제들과 몬스터들!

본 드래곤으로 인하여 죽음의 계곡은 아비규환이나 다를 바가 없었다.

어떤 눈먼 공격이 알베론을 위태롭게 만들지 모른다. 알베론이 죽으면 퀘스트는 물론이고, 프레야 교단과의 우호도도 최악으로 떨어진다. 경험치와 스킬 숙련도를 위하여 위험을 감수하기에는 부담이 너무 컸다.

알베론을 후방으로 돌리고 나서야 위드도 약간 숨을 돌릴 여유가 생겼다.

"스탯창!"

캐릭터 이름 : 위드　　　　　**성향** : 언데드
레벨 : 319　　　　　　　　**직업** : 근원의 스켈레톤
생명력 : 35,080　　　　　**마나** : 28,210
힘 : 1,050　　　　　　　　**민첩** : 969
체력 : 713
지혜 : 663　　　　　　　　**지력** : 655
투지 : 598　　　　　　　　**지구력** : 406
인내력 : 497　　　　　　　**맷집** : 387

*죽음을 거부할 수 있는 힘이 발휘되고 있음.
언데드 상태에서 사용하는 스킬들의 레벨은 죽음을 거부할 수 있는 힘의 숙련도에 좌우됩니다. 다만 최초에도 초급 8레벨의 스킬 레벨이 부여됩니다.

스탯들이 변화해 있었다.

생명력과 마나, 힘, 민첩 등이 비정상적으로 증가했다.

"직업의 특성인 것이군."

위드는 턱뼈를 들썩이며 말했다.

예술이나 통솔력, 행운, 신앙 등이 사라진 대신에 기본적인 전투 계열 스탯들은 큰 폭으로 올라 있었다.

―프레야의 교단에서 축복을 내린 탈로크의 갑옷은 성향이 다른 언데드 상태에서는 착용하지 않는 편이 좋습니다. 오히려 육체를 약하게 만들 것입니다.

"아이템 해제."

위드는 탈로크의 갑옷을 벗어서 배낭에 넣었다. 다른 장비들도 언데드 상태에서 착용하기 껄끄러운 것들은 모조리 벗어 버렸다.

대장장이 스킬이 중급에 올라서 직업의 제한을 덜 받더라도, 애초에 성향이 다른 물건들이었다.

"조금이라도 괜찮은 물건들은 전부 속성이 좋은 쪽으로 붙어 있으니까."

프레야 교단의 일을 상당수 맡아 하면서 딱히 입을 만한 방어구들이 없었다.

그 대신 위드는 배낭을 주섬주섬 뒤적여서 다른 물건들을 꺼냈다.

성자의 지팡이!

리치 샤이어를 잡고 얻은 물건이었다.

띠링!

―성자의 지팡이를 착용하였습니다.
언데드의 속성에 맞춰 지팡이의 속성도 변합니다.
지팡이의 진정한 힘이 깨어납니다.
흑마법을 사용하실 수 있습니다.

성자의 지팡이를 착용했다. 그러자 뼈밖에 남지 않은 위드의 전신에서 무럭무럭 시커먼 기운들이 퍼져 나왔다.

"감정!"

타락한 성자의 지팡이 : 내구력 90/90. 공격력 79~98.
인간들에게 위대한 성자로 추앙받던 고리안에게는 숨겨진 비밀이 있었다.
그는 인면수심의 악마였다.
피와 살육, 뇌물을 즐기던 부패하고 타락한 성자!
지팡이에는 강력한 마력이 깃들어 있다.
제한 : 어둠의 계열의 직업.
　　　성직자나 성기사들이 착용할 경우 지팡이의 속성이 변함.
옵션 : 신앙 -600.
　　　매력 -200. 지구력 +100.
　　　지능 +80. 지혜 +100.
　　　마법 공격력 35% 증가.
　　　험난한 지형에서의 체력 소모 감소.
　　　인간을 죽일 때 악명 30 상승.
　　　살아 있는 제물을 바쳐 생명력과 마나를 회복할 수 있다.
　　　흑마법 사용 가능.
　　　악인의 손에 들어가면, 추가적으로 나쁜 힘을 상승시킴.

언데드 상태에서 진정한 힘에 눈을 뜬 타락한 성자의 지팡이!

위드는 크게 만족스러웠다.

"역시 나쁜 짓을 해야 잘 먹고 잘 사는 세상이야. 어리바

"나쁘지 않군."

근원의 스켈레톤.

스켈레톤 메이지와 스켈레톤 워리어의 특성을 골고루 갖추고 있는 덕분에 네크로맨서의 마법서를 읽을 수 있었다.

붉은색으로 쓰여 있는 수많은 주문들.

네크로맨서의 마법들이 잔뜩 수록되어 있다. 언데드를 제조하는 마법들도 있지만, 공격 마법들도 상당수 적혀 있었다.

위드는 우선 본 드래곤을 제조하는 마법부터 읽었다.

바르칸이 직접 저술한 쉬운 언데드 제조법

본 드래곤 : 모든 마법사들이 만들어 보고 싶어 하는 최강의 언데드. 드래곤의 사체가 반드시 필요하며, 다수의 마법 시약들을 투입해야 함. 좀비나 구울처럼 즉시 일으킬 수 있는 몬스터와는 달리, 생성하는 데 최대 백 일의 시간이 걸린다.
마법 방어력과 지적인 능력은 정상적인 드래곤에 비하여 현저히 떨어지지만 생명력과 육체를 활용하는 능력은 증가한다.
하지만 본 드래곤의 약점으로는…….

위드는 마법 책을 열심히 읽었다.

근원의 스켈레톤

CTS미디어의 베르사 대륙 이야기.

신혜민과 오주완이 방송하는 이 프로그램에서는 오늘 직업에 대한 최신 정보를 알려 주기로 되어 있었다.

"오주완 씨, 특정한 조건을 충족시키면 특수 퀘스트가 발동된다던데, 구체적으로 어떤 것인가요?"

"네. 유니콘 사에서 밝힌 바에 의하면, 생산직의 경우에 각 직업 스킬들이 일정한 경지에 오르면 고유한 퀘스트가 생성된다고 합니다."

"3차 전직 퀘스트인가요?"

"그것과는 조금 다른데요, 예를 들어서 대장장이의 경우에는 자신만의 공방을 운영할 수 있습니다."

"공방이라면… 대장간요?"

"그렇습니다. 축적한 기술력을 바탕으로 공방을 개설할 수 있는 것이죠. 직원을 두고 운영하는 것도 가능합니다."

지금까지 대장간은 왕이나 귀족, 성주들만이 건립할 수 있었다. 그러면 대장장이들이 취직을 해서 운영되는 형태였다.

하지만 어느 정도 실력을 쌓은 대장장이들은 스스로의 이름을 걸고 대장간을 차릴 수 있다는 이야기다.

"향후 국가나 마을의 경우에는, 이러한 공방이 많을수록 기술력의 발전 속도가 향상된다는 정보가 들어와 있습니다. 앞으로 생산직들은 희망을 가져도 될 것 같습니다."

"긍정적인 일이네요. 많은 생산직 분들이 꿈을 키워 나가실 수 있겠어요."

"다시 직업 퀘스트에 대한 이야기로 돌아와서… 하지만 각자 구체적으로 어떤 퀘스트가 생성될지는 모릅니다. 대장장이의 예를 들었지만, 확실히 공방을 만들 수 있는 퀘스트도 있습니다. 그러나 그것은 수많은 갈림길의 하나일 뿐, 직업과 관련된 퀘스트는 많이 있으니 절대 포기하지 마시길 바랍니다."

오주완은 땀을 흘리며 계속 설명했다. 빼곡한 대본을 들여다보면서 무려 2시간째 방송을 하고 있었다.

"그런데요, 직업 스킬을 마스터하면 어떻게 되는 거죠, 오주완 씨?"

"아직 그런 사람은 1명도 없습니다. 유니콘 사에서 비공개적으로 밝힌 바에 의하면 근처에 간 사람도 없다고 합니다. 로열 로드는 매우 방대한 게임이니까요. 더군다나 현실을 기반으로 했기에, 스킬을 마스터하기란 굉장히 힘든 일입니다."

"그래도 직업 스킬을 마스터하면 뭔가 얻는 게 있지 않을까요?"

"대단한 명성과, 만약에 왕국에 소속되어 있다면 작위를 얻을 수 있겠죠."

오주완은 누구나 예상할 수 있는 평범한 발언을 하면서 넘어가려고 했다. 하지만 신혜민은 그의 표정 변화를 놓치지 않았다.

"1년 넘게 같이 방송을 하고 있어서 아는데요, 오주완 씨는 뭔가 숨길 때마다 눈을 깜박이는 버릇이 있어요."

"하하, 그런가요?"

"뭘 알고 계신지 말씀해 주세요."

"이거야 원. 안 되는데……."

오주완은 난처한 미소를 지었다. 그렇지만 순순히 얘기했다.

"직업의 마스터가 되면 그것이 끝이 아닙니다."

"끝이 아니다? 스킬을 다 마스터하면 생산직들은 마지막 과정에 도달한 게 아닌가요?"

"아닙니다. 그때부터 새로운 시작이 이루어진다고 합니다. 자신들에게 주어진 스킬을 이용해서 대륙을 위해 무언가를 해내야 한다고 들었습니다. 베르사 대륙의 메인 스토리들이 하나씩 떠오르게 되면, 퀘스트들을 수행하는 당사자들은 그 직업을 마스터해야만 깰 수 있다는 정보입니다. 이것은 각 종족의 퀘스트와도 연관이… 여기까지만 말하겠습니다. 더 이상은 정말 저도 잘 알지 못하는 부분이거든요."

"더 재밌는 일들이 많이 벌어지겠네요."

"그러리라 확신합니다. 막상 저는 아직 직업의 마스터와는 거리가 한참이나 남아 있어서 아쉬울 뿐이죠."

"직업 스킬들이 고급의 경지에 오르면 성장이 굉장히 어려우니까요. 말씀 고맙습니다."

"저야말로 오늘도 아리따운 신혜민 씨와 이야기를 할 수 있어서 영광이었습니다."

"어머, 칭찬 감사드려요. 요즘 과일을 많이 먹은 덕분인 것 같아요."

"저도 오늘 과일을 사서 집에 들어가야겠군요."

신혜민과 오주완은 슬슬 방송을 종료할 준비를 했다.

1부에서는 패널들을 초대하여 이야기를 나누었고, 2부에서는 정보들을 전해 주었다. 이제야말로 2시간에 걸친 방송을 마치고 쉴 시간이었다.

'페일 님과 신 나게 데이트를 해야지.'

신혜민이 대본을 정리하며 방송 종료를 위한 멘트를 준비할 때였다. 갑작스럽게 PD로부터 방송 연장 사인이 떴다.

'에, 이제 끝낼 시간인데?'

베르사 대륙 이야기의 방송 화면도, 느닷없이 죽음의 계곡에서 싸우고 있는 원정대의 모습을 비췄다. 북부 원정대의 전투가 실시간으로 연결된 것이다.

오주완이 당황하고 있는 사이에, 신혜민은 재빨리 대응했다.

"네, 시청자 여러분. 베르사 대륙 이야기는 언제나 시청자 여러분에게 즐거움을 주기 위해 노력하고 있습니다. 신속하고 정확한 방송! 방송을 종료하지 않고 최근에 들어온 속보를 연속해서 보내 드리도록 하겠습니다."

오주완도 그때에는 빠르게 돌아가는 상황에 대해 적응했다. 방송 화면에 비추어지는 내용을 보면서 원정대의 일이라는 것을 짐작했다.

오주완이 재빨리 해설했다.

"얼마 전에 북부 원정대에 대한 내용을 시청자 분들께 알려 드린 적이 있었죠. 드디어 오베론 대장이 이끄는 원정대가 죽음의 계곡으로 진입한 것 같습니다."

오주완은 로열 로드 내에서 폭넓은 인맥을 자랑한다. 신망이 두터운 오베론과도 안면이 있는 처지라서, 원정대에 대한 소식들을 그로부터 직접 들을 수 있었다.

그때 PD가 신혜민과 오주완이 쓰고 있는 헤드폰을 통해 이야기를 전했다.

-체이스가 알려 준 소식. 현재 원정대가 진입하는 계곡에 마녀 세르비안의 깨진 구슬이 있을 확률이 대단히 높다고 함! 세르비안의 깨진 구슬은 현재 대륙의 더위를 날려 버릴 수 있는 주요한 아이템임.

2시간에 걸친 방송으로 인한 신혜민과 오주완의 피로가 싹 날아갔다. 누구보다도 로열 로드를 좋아하고, 또 시청자들에게 새로운 정보를 준다는 데 자긍심을 가지고 있는 두 사람이었다.

신혜민이 먼저 포문을 열었다.

"마녀 세르비안의 구슬을 찾기 위한 원정대의 모험! 현재 실시간으로 보내 드리고 있습니다. 본 베르사 대륙 이야기 방송 시간과 관계없이, 원정대가 모험을 마칠 때까지 계속해서 보내 드릴 것을 시청자 분들에게 약속 드립니다."

새벽까지라도 방송을 하면서 시청자들이 원하는 것을 보여 주어야 했다.

이미 베르사 대륙 이야기는 방송국 시간표에 황금색으로 변해 있었다. 그것은 다른 어떤 프로그램보다 우선해서, 필요하다면 시간을 늘려도 된다는 허락의 표시!

신혜민과 오주완이 보는 화면은 오베론을 기준으로 해서 만들어져 있었다.

땅딸막한 키를 가진 드워프가 보는 죽음의 계곡.

원정대의 혈투.

악신 엠비뉴 교단의 사제들과 몬스터 무리와의 전투.

아울러서 본 드래곤이 하늘을 날아다니며 원정대를 먹어치우고 있다.

드워프 오베론의 시야를 기준으로 이 모든 것들이 보이고 있는 것이다.

신혜민은 속으로 생각했다.

'페일 님도 이걸 보고 있겠구나.'

로열 로드 유저들이라면 정보에 민감했다. 매우 희귀한 퀘스트의 발생이나 전쟁의 발발 같은 경우, 순식간에 수백만 명이 시청을 하기도 한다. 불과 몇 분 사이에 시청률이 폭발적으로 증가하고, 길거리에 있는 대형 멀티비전 앞에 몰려드는 인파도 수만 명에 달할 정도였다.

사실 신혜민과 오주완은 방송이 얼마가 길어져도 상관이 없었다. 그들 스스로가 로열 로드를 너무나도 즐기고 있었으므로!

신혜민이 기대를 담아 말했다.

"자, 그러면 원정대가 꼭 본 드래곤을 해치우고 마녀 세르비안의 깨진 구슬을 획득할 수 있었으면 좋겠네요."

오주완은 고개를 끄덕였다.

"가능할 수도 있을 것 같습니다. 차가운 장미 길드 혼자서는 무리겠지만, 원정대에는 뛰어난 유저들이 많이 있으니까요."

"원정대가 대규모로 결성된 보람을 느낄 수 있겠네요. 그런데 오주완 씨."

"예?"

"본 드래곤의 위력은 어느 정도나 되나요?"

"일단 본 드래곤 정도의 몬스터라면 굉장히 강력합니다. 웬만한 길드들이라면 엄두도 못 낼 위험한 몬스터. 혼자서 밤길을 걷다가 만나면 오금이 저리는 그런 녀석이죠."

"밤에 본 드래곤을 만나다니, 정말 상상만 해도 끔찍한데요."

베르사 대륙에서는, 밤에는 몬스터들의 능력이 50%나 증가한다. 단지 밤에는 몬스터들도 대체로 휴식을 취하는 편이다. 그러므로 출현하는 몬스터들의 숫자가 줄어들어서 사냥은 가능했다.

하지만 애초에 1마리씩밖에 없는 보스 급 몬스터라면 밤에 사냥하는 것은 자살 행위나 다름이 없는 일이었다. 아이템이나 경험치의 보상은 커도, 웬만하면 다들 그런 행동은 하지 않았다.

그때 화면에, 오베론이 땅에 처박힌 본 드래곤의 몸통에 용감무쌍하게 도끼질을 하는 것이 보였다.

장작을 패듯이 가차 없는 드워프의 손길!

신혜민은 두 주먹을 불끈 쥐었다.

"모쪼록 많은 고생을 하신 원정대 분들의 노고를 생각해서라도 꼭 성공하시길 바랍니다."

"예. 마법사들이 다시금 대형 마법을 준비하고 있네요. 지금 막 본 드래곤의 몸통을 조준한 것 같습니다."

"파이어 필드 마법인 것 같은데요."

"드럼이 이끄는 마법사 부대의 일제 공격이 개시되었습니다!"

신혜민과 오주완은 축구 경기를 중계하듯이 그렇게 전투를 설명하고 있었다.

위드도 본 드래곤과 원정대가 싸우는 것을 보고 있었다.

'본 드래곤. 확실히 토리도보다는 강하군.'

토리도는 뱀파이어 로드다. 흡혈과 석상화의 권능, 상당히 파괴력이 강한 공격 마법들을 사용한다.

하지만 본 드래곤은 대형 몬스터로서, 수많은 원정대원을 말 그대로 짓밟고 있었다. 코끼리가 개미 떼를 상대하는 것처럼!

"시원하군. 클클클."

위드는 사악한 미소를 터트렸다.

조각사라고 직업을 밝혔을 때, 저 원정대원들이 얼마나 무시를 했던가!

타인의 불행은 나의 행복!

물론 오베론을 비롯하여 몇 명은 길드로 영입하기 위하여 위드를 우대해 주었다. 하지만 대부분의 전투 계열 원정대원들은 조각사라고 무시하는 형편이었다.

생산직 직업들은 이미 무기나 방어구를 만드는 인부처럼 무시당하는 것이 일반화되어 버렸다. 그나마 스킬 경지가 높으면 약간은 존중해 주지만, 근본적으로 필요할 때만 찾는 사람이라는 점에는 변함이 없다. 돈만 주면 언제든지 부려 먹을 수 있는 일꾼 정도에 불과한 것이다.

그나마 가끔 쓸모가 있는 생산직 직업들이 이러한 대우를 받고 있는데, 예술 계열 직업들은 말할 필요도 없다. 원정대원들이 그동안 요리사, 조각사, 건축가 들의 도움을 받기는 했지만, 그 근본적인 인식이 바뀔 정도는 아니었다.

그것은 현재 생산직 계열의 직업들과 예술 계열 직업들이 죽임을 당한 것으로도 드러나는 사실이었다.

위드는 본 드래곤의 브레스가 뿜어졌을 때를 떠올렸다.

"충분히 보호해 줄 수도 있었어."

성직자들이나 마법사들이 방어 마법을 펼쳐 줄 수 있는 시간이 있었다. 만약에 그랬더라면 상인이나 요리사를 비롯한 생산직 계열의 직업들이 몇 명은 살았으리라. 남달리 생명

력이 강한 위드도 어떤 방식으로든 살 수 있었을 것이다.

하지만 누구도 보호 마법을 써 주지 않았다.

"살릴 가치가 없었다는 거지."

마나를 소모해서 살려 봤자 싸움에 직접적인 도움이 되지도 않을 보급대는 그냥 전멸시킨다. 지켜 주기 위하여 전력을 분산시키지 않아도 되고, 좀 더 전투에만 집중할 수 있다.

오베론의 결정은 아니었겠지만 성직자나 마법사들의 순간적인 판단에 의한 것이었다.

그렇다고 위드가 그들을 원망하는 것은 아니었다.

애초에 세상이 그런 것이다.

"역시 본 드래곤이 제법 강하긴 하군."

땅에 처박혔던 본 드래곤이 일어나면서부터 원정대의 희생도 늘어나고 있다.

대혼전의 상황!

다크 게이머와 검치 들이 의외의 활약을 하고 있었다.

"여보! 나 아파 죽겠어!"

볼크는 엠비뉴 사제들의 틈으로 들어가서 무자비하게 양손검을 휘두르고 있었다.

"조금만 참아요. 만날 엄살이나 부리고 있어. 힐!"

데어린은 남편과 다른 다크 게이머들을 치료해 주었다.

다크 게이머들은 무모하게 본 드래곤에 달려들기보다는 몬스터들을 처리하면서 착실하게 적들을 줄여 나갔다.

검치 들도 각자 흩어졌다.
"이놈들!"
"맛 좀 봐라!"
이미 위드의 검 갈기 스킬과 방어구 닦기를 통하여 공격력과 방어력을 향상시켰다. 그 덕에 검치 들은 몬스터와 충분히 자웅을 겨룰 수 있었다.
또한 그들은 눈치가 보통이 아니었다.
"위험해, 검삼백오십구치!"
"이크!"
검치 들은 몬스터들에게 둘러싸이지 않았다. 철저하게 주변의 상황을 인지하고 최적의 움직임만을 보여 준다. 각자 따로 흩어져 있는 몬스터만을 하나씩 제압하고 다녔다.
성직자나 마법사 들의 지원을 받지 않고서도 각개전투를 벌이는 검치 들!
위드는 고개를 끄덕였다.
"어쨌든 본 드래곤은 무난히 잡을 수 있겠어."
아무리 강한 몬스터라고 해도 원정대의 세력을 이기지는 못할 듯싶었다.

얼어붙은 북부의 대륙. 피가 흘러 계곡을 적시네
본 드래곤이여, 영웅들의 발걸음을 멈추게 하진 못하네

바드들이 목청을 드높여 열창을 한다.

댄서들은 그에 맞춰서 춤을 추었다. 얼음판 위에서 미끄러져 넘어지는 경우도 있었지만, 춤을 멈추지 않았다.

바드와 댄서들의 도움.

샤먼이나 소환술사, 정령사 들도 각자 자신의 맡은바 임무를 다하고 있다.

원정대도 막대한 피해를 입겠지만 전투 자체는 이길 것으로 보였다.

"몬스터들이 다 처리되면 본 드래곤만 남으니까. 대충 절반 정도는 죽겠지만 그래도 승리는 어렵지 않을 거야."

위드는 전투가 끝날 때까지 나서지 않을 작정이었다.

검치 들이야 이런 전투에서 죽을 사람들이 아니었다. 자신의 목숨은 알아서 챙기리라. 그러므로 위드가 나설 필요는 전혀 없었다.

"어차피 이 몸을 하고 나설 수도 없지."

현재는 스켈레톤의 모습으로 변했다.

몬스터라고 오인하더라도 전혀 이상하지 않을 것만 같은 상황!

성직자들의 치료 마법도 역효과를 발휘하게 된다. 그러므로 원정대의 눈에 띄어 좋을 것이 하나도 없었다.

위드는 숨어서 상황만 살폈다.

"그런데 저 여자는 뭘 하는 거야?"

이상하게 서윤이 눈에 띄었다.

본 드래곤이 일생의 대적이라도 되는 것처럼 원정대의 선두에서 검을 휘둘렀다. 그 흉흉한 기세에 오베론이 물러날 정도로, 서윤의 공격은 맹렬했다.

버서커. 광전사의 특성대로 본 드래곤에게 끊임없는 공격을 가한다.

수많은 상처를 입으면서도 선두에서 싸우는 그녀 때문에 전투가 더욱 치열해지고 있었다.

전황이 뒤바뀐 것은 그때였다.

몬스터들이 어느 정도 줄어들었을 때에 원정대 내에서 큰 소란이 일어났다. 일부 원정대원들이 동료의 등에 대고 검을 휘두른 것.

"크억!"

"갑자기 왜…….."

"우린 같은 편이다. 공격을 멈춰!"

"성직자들은 현혹 상태를 해제하는 신성 마법을 펼쳐라. 어서 빨리!"

성직자들은 동료들이 엠비뉴의 사제들이 쓰는 현혹 마법에 사로잡힌 줄 알고 신성 마법을 사용했다.

그러는 사이에도 일부 원정대원들은 공격을 그치지 않았다. 방어에 급급하던 이들이 속절없이 죽어 갔다.

그리고 터져 나온 성직자들의 비명!

"해제 마법이 통하지 않는다!"

"이놈들이 아군을 공격한다!"

몬스터들에게 현혹된 것이 아니었다.

결정적인 순간의 배신!

테로스와 진홍의 날개 길드에서 검을 거꾸로 쥔 것이었다.

진홍의 날개 길드에서는 이때만을 기다리고 참아 왔다. 특수한 아이템으로 얼굴을 바꾸고, 갑옷과 검도 적당한 것을 구입해서 장비했다.

그러던 차에 결정적인 순간 마각을 드러냈다.

테로스는 위장하고 있던 갑옷을 본래 자신의 것으로 바꿔 입고, 얼굴에 그려 놓았던 그림들도 지웠다.

"다 쓸어버려라! 본 드래곤은 우리의 차지다!"

바바리안 워리어 플라인은 바로 곁에 있던 오베론을 요격했다.

"크윽! 어째서……."

"우리 진홍의 날개를 위해서는 어쩔 수 없소. 그래도 본 드래곤은 우리가 처치할 테니, 당신의 역할이 헛된 것만은 아니오."

플라인은 오베론의 등을 길게 베었다.

치명적인 일격!

오베론은 본 드래곤과의 전투 중에 갑작스럽게 원정대원

들끼리 내전이 벌어져서, 그쪽에 신경을 쓰느라 전혀 대비를 하지 못했다. 결국 완벽한 무방비 상태에서 동료에게 상처를 입은 것이다.

오베론은 평소의 그답지 않게 진심으로 분노했다.

"지금까지 우리를 속인 것이냐!"

"속은 사람이 잘못이지. 우리도 원정대에 속해서 나름대로 헌신했소. 이제 우리의 몫을 찾을 뿐이지."

"비겁한! 나는 이대로 쓰러지지 않……."

오베론은 워리어답게 꿋꿋하게 일어서려고 했다. 하지만 그때 그의 뒤에 떠오르는 그림자가 있었다.

"그러면 확실히 죽여 주지."

공포의 암살자 데인이 시퍼런 단검을 휘둘렀다.

> -암살자의 치명적인 일격이 터졌습니다!
> 육체의 마비!
> 독이 빠른 속도로 전신으로 퍼집니다.
> 상처 부위를 지혈하지 않으면 생명력이 계속 하락하게 됩니다.

데인의 단검에는 극독이 묻어 있었다. 오베론의 몸은 마비되어 움직여지지 않았다.

플라인과 데인의 눈이 마주쳤다.

"괜히 회복하기라도 하면 곤란해."

"바로 처리해 버리지."

플라인과 데인은 무기를 휘둘렀다. 본 드래곤이 날뛰는 근처에서 오베론에게 합공을 퍼붓는 것이다.

아무리 오베론이라고 해도 몸이 마비된 채로 두 사람의 공격을 견딜 수는 없었다.

"비겁한 놈들! 이 복수는 언제고……."

오베론이 복수를 다짐하며 죽었다.

원정대에서도 오베론의 죽음을 눈치 챘다.

"대장님이 죽었다."

"배신자들이 우리의 대장을 죽였다. 놈들에게 대가를 치르게 해!"

원정대는 자중지란에 빠지고 말았다. 오베론의 세력과 동맹 길드, 테로스가 데려온 사람들 사이에 격렬한 전투가 빚어진 것이다.

테로스는 직접 전투에 참여하는 대신 다크 게이머들이 모여 있는 곳으로 갔다.

'어차피 돈에 움직이는 이들이다. 차가운 장미 길드보다 더 큰 돈을 준다고 하면 되겠지.'

진홍의 날개 길드는 공식적으로는 사라졌다. 하지만 그들이 챙겨 놓은 재산은 상당히 남아 있었다.

"볼크, 계약을 하고 싶다."

테로스는 다크 게이머들 중에 볼크를 찾았다.

벨소스 왕의 무덤. 그들이 했던 난이도 A급 퀘스트에서 참여했던 인연으로 안면이 있었다.

"우리와 뜻을 함께하자. 원정대를 나와서 우리를 돕는다면 돈은 달라는 대로 주겠다. 원한다면 본 드래곤에게서 나온 아이템도 절반 정도 분배해 줄 용의가 있다."

테로스는 볼크와 다크 게이머들이 제안을 받아들이리라고 믿어 의심치 않았다. 돈에 살고 돈에 죽는 인간들이니 언제든 포섭할 수 있다고 여긴 것이다.

의리나 우정 따위의 막연한 감정보다는 현실에 충실한 용병들!

하지만 볼크는 고개를 저었다.

"그렇게 할 수는 없을 것 같군."

"왜? 내 제안에 무슨 문제가 있기라도 한 건가? 오베론보다 더 좋은 조건으로 우리와 계약하자는 이야기야."

"미안해. 선금을 받았어."

"그런……."

다크 게이머들의 제4 법칙!

돈을 받은 만큼 약속을 지킨다. 아무리 많은 이득을 거둘 수 있다고 해도 이행하고 있는 계약만큼은 절대적으로 수행한다.

대부분의 사람들은 모르고 있지만, 다크 게이머들은 돈이 걸린 계약을 어기지는 않았다.

믿을 수 없는 무리로 평판이 낮아지게 되면 돈을 벌 수 없

다. 그러므로 다크 게이머들은 때때로 순간의 이득을 포기하면서라도 약속된 계약을 이행했다.

돈밖에 모르는 철면피 소리를 듣더라도 그에 맞는 행동을 보여 주는 것을, 테로스는 모르고 있었던 것이다.

테로스의 얼굴이 굳었다.

"더 많은 돈을 줄 수 있다. 저들이 약속한 금액의 2배, 아니 3배를 지급하지."

"그래도 할 수 없어. 계약은 반드시 지킨다. 그 계약이 종료된 후라면 몰라도 지금은 안 돼."

테로스는 다크 게이머들을 자신의 세력으로 받아들이지 못하고 돌아서야 했다.

"크, 오, 오, 오!"

그러는 사이에 본 드래곤과 몬스터들은 더욱 활개를 치고 있었다.

원정대의 주력이라고 할 수 있는 고위 유저들은 그들끼리의 전투에 바쁘다. 다크 게이머들은 자중지란과는 상관없이 중립을 지키며 몬스터와 싸우고 있었지만, 그들이 전부를 막아 낼 수는 없었다.

"키요오! 인간들을 죽여라!"

"악을 믿어라. 악을 따르라!"

상처 입은 본 드래곤과 몬스터들이 우리에서 풀려난 맹수처럼 날뛰었다.

죽음의 계곡은 말 그대로 많은 이들의 무덤이 되어 가고 있었다.

어느 순간부터는 균형이 무너졌다. 인간들에게 우세하던 힘의 축은 몬스터와 본 드래곤에게로 넘어가고 말았다.

"이런 망할!"

"저놈의 배신자들 때문에."

서로 간의 싸움을 중단하고 다시금 몬스터에게 집중했지만 이미 때가 늦었다.

설상가상으로 아직도 서로를 믿을 수 없는 상황!

차가운 장미 길드가 주력인 원정대에서는 테로스나 그 부하들을 신뢰하기 어려웠다. 다시금 완전하게 힘을 합한다면 기회가 있겠지만 그러지를 못하니 갈수록 피해만 누적되고 있었다.

마침내 본 드래곤을 억제하던 방어선이 돌파당했다.

본 드래곤을 잡기 위해서는 끊임없는 공격으로 움직임을 봉쇄해야 하는데, 공격하는 이들이 부족하여 여유를 주고 만 것이었다.

"크, 어, 어, 어, 어!"

본 드래곤이 날개를 활짝 펼쳤다.

그 풍압에, 테로스와 그 부하들이 원정대의 전사들과 함께 멀리 날아 떨어졌다.

"젠장!"

테로스는 서둘러 일어서려고 했다.

번뜩!

순간 본 드래곤의 눈에서 빛이 일렁였다.

본 드래곤은 숨을 크게 들이쉬기라도 하는 것처럼 입을 쩌억 벌렸다.

푸화학!

강력한 브레스가 테로스와 원정대 전사들을 뒤덮었다.

"으아악!"

"제발 살려 줘!"

"몸이… 몸이 녹아내린다."

본 드래곤의 브레스는 전사들 수십 명을 녹여 버리는 것으로 끝나지 않았다.

본 드래곤의 가장 강력한 무기인 브레스!

한자리에 몰려 있던 성직자, 정령사, 마법사 등 체력이 약한 이들에게 그대로 밀려들었다.

"막앗!"

"피해라!"

놀란 날파리 떼처럼 도망치려는 자들과, 방어 마법을 펼치는 이들이 뒤섞였다.

브레스는 그곳을 휩쓸고 지나가 버렸다.

발 빠르게 피한 자들은 살아남았지만 애써 막으려던 자들은 큰 피해를 입었다. 몸이 새카맣게 변해서 생명력이 기하급수적으로 떨어지고 있는 것이다.

맹독을 품고 있는 브레스에 당한 결과였다.

애초에 합심해서 방어 마법을 펼쳤더라면 전사들을 삼키고 조금씩 약화된 브레스를 막아 낼 수도 있었겠지만, 그러지를 못했다.

"치료의 손길!"

"힐!"

"리커버리!"

성직자들이 서둘러서 회복 마법을 펼쳤다.

독으로 줄어드는 생명력을 보충해 주는 것!

"안티 포이즌!"

"포이즌 큐어!"

일부 성직자들은 해독 마법을 적극적으로 펼쳤다.

부지런히 노력한 덕분에, 브레스에 적중되어 바동거리던 동료들을 살려 낼 수 있었다.

하지만 상황은 이미 절망적으로 변해 버렸다.

남아 있는 원정대의 숫자는 400여 명 정도였다.

아직도 상당히 많은 숫자가 남아 있기는 했다. 그럼에도 더 이상 본 드래곤과 싸울 수는 없었다.

직접 전투를 담당할 전사들이 부족했다. 궁수, 바드를 비롯하여 댄서, 성직자나 마법사, 정령사 들처럼 물리력에는 취약한 직업들만이 남은 것이다.

"젠장! 역시 이번 일도 맡는 게 아니었나."

볼크가 불평을 터트렸다.

지난번 퀘스트에 이어서 다시 목숨을 잃게 생겼다. 죽을 경우에는 많은 보상금을 받기로 약속이 되어 있다지만, 다크 게이머에게 죽음이란 그 자체로 큰 손실이다.

볼크와 데어린을 비롯한 다크 게이머들이 한곳에 뭉쳤다.

"어떻게 하지?"

"계약상 도망칠 수는 없다."

"그렇다면……."

"시원하게 싸워 보자!"

다크 게이머들은 오랜만에 피가 끓어올랐다.

로열 로드로 돈벌이를 하고 있지만, 근본적으로 이 대륙을 사랑한다. 그러지 않았더라면 굳이 다크 게이머라는 직업을 택하진 않았으리라.

몬스터와 싸우면서 가정을 돌보아야 할 가장이 된 탓에 소극적이 될 수밖에 없었다.

하지만 불가항력으로밖에 보이지 않는 본 드래곤과 몬스터들을 맞아 싸우면서 가슴이 뜨거워진 것이다.

"으아아아!"

"저놈을 죽여 버려라!"

"토막 내! 토막 내!"

광분한 다크 게이머들은 하찮은 몬스터들은 그대로 무시

하고 오로지 본 드래곤을 향해서만 돌격했다.

"우히히히힛!"

"좋아! 아주 화끈한데?"

본 드래곤에게 걷어차여도 웃는다.

좀비처럼 다시 일어나서 돌격하는 다크 게이머들!

검치 들은 그사이에 몬스터들을 감당하고 있었다. 마법사들과 성직자들의 주변을 지켜 주면서 싸웠다.

하지만 검치 들은 자신들의 최대 장점을 발휘하지 못했다. 수십 명이 하나처럼 자리를 바꿔 가면서 싸우는 방식을 취할 수 없게 된 것이다.

"크윽!"

부상을 당해 쓰러지고 죽어 가는 검치 들이 생겨났다.

이를 보고 위드는 전투에 개입하고자 결심했다.

"내가 나설 수밖에 없겠군."

검치 들의 죽음을 간과할 수는 없다. 그리하여 우선 귓속말을 보냈다.

-검십육치 형.

-어? 위드냐?

비장한 얼굴로 싸우고 있는 것에 반해 검십육치는 매우 평온한 어조로 답했다.

그는 이곳에 있는 검치 들 중 가장 연장자였다. 상당히 많은 아수라장을 현실에서 겪어 왔던 그였기에 평상심을 잃지 않았던 것이다.

―아까 브레스 맞던데. 죽은 거 아니었냐?

―죽었습니다. 조금 사정이 긴데, 다시 살아났습니다. 아무튼 지금 도와 드릴게요. 일단 뒤로 피하시죠.

―아니야. 그럴 필요 없어.

검십육치의 말은 다소 뜻밖이었다.

―우선 내가 죽을 때까지 기다려 줘.

―예?

―이 기회가 아니라면 내가 언제 여자 앞에서 이렇게 멋진 모습을 보여 줄 수 있겠느냐.

검십육치의 뒤에는 예쁜 성직자가 바들바들 떨며 치료 마법을 펼치고 있었다.

춥고, 배고프고, 위험하기 짝이 없는 몬스터들이 도사리고 있는 장소에서 목숨을 걸고 지켜 주는 남자!

검십육치는 그것을 위하여 한 몸 희생하기로 한 것이다.

현실에서는 절대로 일어나지 않을 상황이었다. 불량배들도 검십육치를 보는 순간 줄행랑을 치는 것이 보통이었으니 말이다.

마침내 검십육치는 악령 병사들과 싸우던 도중에 장렬하게 쓰러졌다. 생명력이 경각에 달해서, 치료 마법도 소용이 없는 수준에 이르고 말았다.

"미안합니다. 저의 능력이 이것밖에 안 되는군요. 제가 죽는 것은 괜찮지만…….”

"…괜찮아요. 최선을 다하셨어요."

예쁜 여자 성직자의 큰 눈망울에 눈물이 가득 고였다.

그녀는 검십육치의 시선을 느끼고 있었다.

전장에서 언제나 보살펴 주던 든든한 존재.

그 사람이 목숨을 잃어 간다.

"다시, 떨어져 있어도 언젠가는 꼭 다시 만날 수 있겠지요. 그때에도 지켜 드리고 싶습니다. 허락해 주시겠습니까?"

검십육치는 며칠간 준비해 왔던 멘트를 날렸다. 바람둥이 제피에게 특별히 따로 교육을 받은 대사들이었다.

여자를 밝힌다는 느낌이 아니라, 끝까지 지켜 주지 못한 것을 무척이나 슬퍼하고 안타까워하는 음성으로 해야 효과가 높다고 했다.

"네. 제 이름은 리비안이에요."

"검십육치입니다."

친구 등록!

검십육치는 목적을 달성하고 죽을 수 있었다.

'성공했군.'

위드는 자리에서 일어났다.

뼈로만 이루어진 육체!

스켈레톤의 형상으로 원정대에 다가간 것이다.

언데드 라이즈

위드는 한 손에는 타락한 성자의 지팡이를, 다른 한 손에는 바르칸의 마법서를 들었다.
"와이번들은 나타나라!"
와일이, 와둘이, 와삼이, 와오이, 와육이, 와칠이.
자랑스러운 와이번들이 날개를 활짝 펼치며 날아왔다.
"에취!"
"추워 죽겠네."
"주인을 잘못 만난 죄로 고생이다, 고생!"
죽음의 계곡 상층부에는 얼음 알갱이들이 날릴 정도의 차가운 바람이 불었다. 위드마저 감기에 걸릴 것이 두려워서 접근하지 못할 정도!

와이번들은 추위에 떨면서 날아왔다. 늑대 가죽으로 만들어서 알록달록하게 염색해 준 옷이 없었다면 근처에도 올 수 없었으리라.

 살아남은 원정대원들은 새로 나타난 와이번들을 보며 절망에 빠졌다.

 "하필이면 와이번까지 나오다니."
 "이젠 도망갈 수도 없게 되어 버렸어."
 하지만 그들의 얼굴빛이 환하게 바뀐 것은 한순간이었다.
 "저게 뭐야. 와이번들이 옷을 입고 있는 것 같은데. 무슨 와이번이 옷을 입고 있지?"
 "그보다도 저 와이번들, 생김새가 조금 이상해 보이지 않아?"
 "저 각진 얼굴이나 짧은 목, 유난히 튀어나온 배를 분명 어디선가 보았는데······."
 "절망의 평원!"
 "오크와 불사의 군단과의 전투에서 본 와이번들이잖아."
 "그렇다면······."
 "위드다! 위드가 이곳에 나타난 거야!"
 원정대원들은 환희에 빠졌다.
 그들이 꿈꾸고 있던 영웅!
 대륙의 모험가로서 그리고 전사로서 이름을 날리고 있는 위드가 이곳에 나타난 것이다.

"와이번들아, 너희의 먹이를 놓치지 말라!"

위드가 명령을 내리자, 와이번들이 세차게 홰를 치며 날아올랐다.

와이번들은 원정대가 모여 있는 곳을 아슬아슬하게 비껴가서 몬스터들을 공격했다. 그 위에 올라탄 금인이도 맹렬하게 화살을 날렸다.

검치와 성직자, 마법사 들이 모여 있는 곳 주변의 몬스터들과 전투를 개시한 것이다.

하지만 이 정도의 도움으로 어떤 결정적인 반전의 계기를 마련하였다고 보기란 어렵다.

위드는 바르칸의 마법서를 펼쳤다.

몬스터들을 상대하기 위해서는 다수의 아군이 필요하다. 그리고 이곳에는 쓸 만한 아군들이 매우 많았다.

"일어나라. 눈 감지 못한, 잠들지 않은 원혼들이여. 여기 살아 있는, 그리고 너희를 죽인 자들에게 복수하라! 데드 라이즈."

원정대가 서 있는 얼음으로 된 대지가 검게 물들었다.

땅에서부터 일어난 좀비와 구울, 스켈레톤 병사 들!

"키야호오!"

"크헤헬."

언데드 군단은 흐느적거리면서 움직였다.

위드는 몬스터들을 가리키며 명령했다.

"싸워라. 저들을 죽여라. 너희의 원수다!"

"크레레렐!"

언데드들은 위드의 명령을 따라서 엠비뉴의 사제나 몬스터 들을 향해 어슬렁어슬렁 걸어갔다.

철퍼덕.

부자연스러운 움직임 탓에, 얼음에 미끄러져서 일어나지 못하기도 했다.

그럼에도 불구하고 좀비나 구울 들이 휘두르는 손톱에는 엄청난 힘이 담겨 있었다.

속도는 느려도 강한 몬스터들.

"위드 님이 언데드들을 일으켰다!"

"언데드들이 몬스터와 싸운다."

원정대원들은 혼란에 빠지고 말았다.

언데드들은 살아 있는 이들의 적!

없애 버려야 할 몬스터에 불과하였다.

네크로맨서라는 직업이 공개되긴 했지만 아직까지는 전직을 마친 사람도 별로 없다. 그런데 언데드 소환 스킬을 직접 눈으로 보니 신기하기만 했다.

위드는 다른 아군들도 불러들였다.

"콜 데스 나이트 반 호크. 콜 뱀파이어 토리도!"

데스 나이트와 뱀파이어 로드의 소환!

죽음을 몰고 다니는 기사와, 창백한 얼굴의 뱀파이어가 나

타났다.

"주인, 오늘따라 무척 마음에 드는군."

데스 나이트는 나오자마자 아부를 했다. 언데드인 그인지라 근원의 스켈레톤이 된 위드에게 친밀감이 생긴 것이다.

하지만 위드는 인정 따위는 메말라 비틀어진 지 오래였다.

"데스 나이트!"

"주인, 뭐든 명령해라. 저들과 싸우면 되는가? 저들의 수급을 취하여 그대의 앞에 바치겠다."

승부를 좋아하는 데스 나이트는 자신 있게 대답했다.

하지만 위드는 고개를 저었다.

"그게 아니다. 네 투구를 벗어 내게 다오."

"……."

"내 말이 들리지 않느냐? 네 투구를 나한테 줘. 내가 쓸 거야."

세상에서 최소한 다섯 번째 안에 드는 치사한 행동!

준 것을 다시 뺏기!

그것도 원래 데스 나이트의 소유였던 것을 위드는 뺏으려고 했다.

"이건 내 물건이다."

데스 나이트는 강직하게 자신의 마법 헬름을 지키려고 했다.

위드는 주먹을 쥐었다.

"맞고 줄래, 그냥 줄래?"

강압과 폭력으로 어우러진 선택!

위드는 그나마 인내심도 발휘하지 않았다.

"같은 말 두 번 안 한다."

"…그냥 주겠다."

데스 나이트는 얌전히 마법 헬름을 벗어서 내밀었다.

다른 이들은 공포 분위기 조성을 위한 협박이라고 생각할 수도 있다. 하지만 위드는 한다면 했다.

더구나 노가다는 달인의 경지에 이르렀다. 스킬 숙련도를 향상시킨다면서 몇 날 며칠을 패고도 남을 인간!

저런 인간의 비위를 거슬러 봐야 좋을 것이 하나도 없는 것이다.

"걱정 마. 잘 사용하고 나중에 다시 돌려줄 테니. 가서 싸워라."

"알겠다, 주인!"

데스 나이트가 엠비뉴의 사제들을 목표로 달려들었다.

위드는 토리도를 돌아보았다.

"넌 본 드래곤을 맡아라."

"알겠다."

"공격보다는 방어에 치중하도록 해. 무리할 필요는 없으니까."

토리도는 그 말에 따라 수하들에게 본 드래곤과 싸우도록

명령했다.

"뱀파이어 퀸, 어린 뱀파이어 들아. 정면 승부를 고집하지 마라. 우리는 밤의 귀족들이다."

"알겠습니다, 로드!"

토리도는 부하들과 함께 박쥐로 변했다.

이빨이 뾰족한 흡혈박쥐!

검은 날개를 펄럭이며 거대한 본 드래곤에게 달라붙어 공격을 가했다.

이길 수 있는 상대는 아니다. 하지만 최소한 시간은 벌 수 있으리라.

위드는 그사이에 마법 헬름을 착용했다.

"오랜만에 써 보는 것이로군."

저주받은 철로 만들어진 마법 헬름.

눈 부위가 둥글게 뚫려 있어서 그 사이로 음험한 광채가 뿜어져 나온다.

지옥의 불길처럼 이글거리는 눈빛!

반 호크의 마법 헬름은 라비아스에서 데스 나이트를 잡았을 때 얻은 물품이었다. 한때는 늘 착용하던 물품이지만, 얼마 전에 미스릴과 흑철을 이용하여 고귀한 기품의 헬멧을 만들어 냈다. 그래서 데스 나이트에게 돌려주었지만, 필요하니 다시 되찾은 것이다.

-암흑 계열 마법의 저항력이 늘어납니다.

―언데드와의 친화도가 10 상승합니다.

마법 헬름이 주는 옵션들이 부여되었다.
위드는 다시금 언데드 소환 마법을 펼치기로 했다.
'마나가 상당히 많이 남았어.'
1단계의 기초적인 언데드 소환 마법.
백여 구의 시체들을 일으켰는데 마나 소모는 4,000 정도에 불과했다.
타락한 성자의 지팡이!
이 무기가 주는 엄청난 효과 덕분이었다.
위드는 남아 있는 마나를 우선 다 쓰기로 했다.
'근원의 스켈레톤은 육체적인 힘이 더 강한 편이다.'
마나가 없더라도 육탄전을 벌일 수 있다.
위드는 바르칸의 마법서를 열어 2단계의 언데드 소환 마법을 사용했다.
"너희가 살아서 움직이던 땅으로 돌아오라. 이곳은 어두운 곳. 검고 부패한 땅. 영영 사라지지 않을 암흑의 율법을, 모든 이들에게 새길 수 있도록 하라. 언데드 라이즈!"
부르르.
타락한 성자의 지팡이에서 진동이 일어났다.
위드가 보고 있는 곳에서 수많은 시체들이 일어난다.
그들은 목을 가지고 있지 않았다.

듀라한!

전투를 좋아하는 전사들.

그 외에도 스켈레톤 메이지들이 다수 일어났다.

수백, 수천에 달하는 언데드들이다.

주체할 수 없을 정도로 큰 규모였다.

마나를 대부분 사용하고, 지팡이와 마법 헬름에 힘입어 보통의 지휘력으로는 감당할 수도 없는 언데드들을 일으켜 세웠다.

남아 있는 마나는 불과 200 정도!

위드가 착용하고 있는 마법 헬름에서 빛이 번뜩였다.

"싸우고, 투쟁하라! 너. 희. 들. 의. 증. 오. 를. 나. 의. 적. 을. 향. 해. 펼. 쳐. 라."

위드가 광량한 사자후를 터트렸다. 고급 스킬에 오른 사자후를, 마나를 다 소진해서 사용해 버렸다.

그러자 언데드들이 몬스터와 본 드래곤을 향하여 주눅 들지 않고 덤벼들었다.

좀비들은 뼈가 부러져도 싸우고, 팔다리가 날아가도 개의치 않는다. 구울이 몸통으로 끌어안고, 듀라한이 머리를 들고 있지 않은 팔로 대검을 휘둘렀다.

"싸. 우. 자."

"적. 들. 이. 다."

위드가 탄생시킨 몇몇 보스 급 몬스터들!

보스 급 듀라한이나 스켈레톤 메이지, 구울 들은 눈부신 활약을 하고 있었다.

원정대는 이런 전투는 처음이라 얼어붙고 말았다. 네크로맨서 마법의 진정한 위력을 보게 된 것이다.

"말도 안 돼!"

"언데드들이 이렇게 많다니."

언데드들은 웬만해서는 기피하는 사냥감!

원정대 중에는 거의 처음으로 언데드를 본 사람들도 있었다.

그런데 몇 명이, 믿을 수 없다는 듯이 눈을 크게 떴다.

"그런데 언데드들의 모습이 어딘가 익숙한 것 같지 않아?"

"어? 그런 것 같기도 한데."

"저기 있는 것은 오베론 님 아닌가?"

유난히 키가 작은 듀라한이 있었다. 그 작은 체구의 듀라한은 적을 피하지 않고 잘 싸웠다.

네크로맨서 마법은 그 장소에 있는 시체들을 이용한다. 즉, 시체들이 없다면 네크로맨서 마법의 위력도 감소할 수밖에 없다.

몬스터와 싸우던 도중에 죽었던 원정대원들의 육체가 언데드가 되어 일어나 버린 것.

파보나 가스톤도 좀비가 되어 적들을 향해 달려가서 팔다리를 휘저으며 허우적거렸다. 이미 죽은 시체이기에 과거에 보유했던 스킬을 쓰는 것은 아니었지만, 모양만큼은 상당히 흡사했다.

"그런데 저들은 무엇이지?"

녹슨 갑옷을 입고 있는 전사들. 오래된 문양을 가진 갑옷의 병사들도 듀라한이 되었다.

이들은 니플하임 제국의 병사와 기사들이었다.

지금까지 이 죽음의 계곡에 잠들어 있다가 위드의 부름에 의하여 깨어난 것이다.

"캬오오!"

언데드들은 무섭게 몬스터들을 몰아붙였다.

위드가 보는 메시지 창에는 숨 가쁘게 정보들이 떠올랐다.

-경험치를 습득하셨습니다.

-듀라한이 놀라운 힘으로 엠비뉴의 사제를 처단하였습니다. 믿기 힘든 승리로 인하여 명성이 1 오릅니다.

-구울이 죽었습니다.

-스켈레톤 병사가 적의 공격에 파괴당했습니다. 다시 데드 라이즈 마법을 사용할 경우 절반의 마나로 일으킬 수 있습니다.

-스켈레톤 메이지들의 남은 마나 35%.

언데드들은 조각품과는 달랐다.

조각품은 마나를 소모하지도 않고, 만들어 내면 자신들이 알아서 싸운다. 또한 대체로 일반적인 수준에 비해 굉장히 강한 편이다.

하지만 언데드들은 그리 강하지는 못했다. 대신 숫자가 상당히 많으며, 시체만 있다면 언제든지 일으킬 수 있다.

언데드가 해치운 명성과 경험치가 일정 비율로 들어온다는 점에서도 차이가 있었다.

네크로맨서는 그 어떤 직업보다 빠른 상황 판단으로 몬스터 대군을 부릴 줄 알아야 한다. 상당한 통솔력을 필요로 하는 직업이었다.

위드가 만들어 낸 몇몇 보스 급 언데드들!

"키워월!"

"커프스 익스플로전!"

"본 쉴드!"

스켈레톤 메이지들이 일부 언데드들을 폭발시켰다.

적들의 앞에서 사정없이 비산하는 시체 무리.

듀라한들, 강화 구울들도 거칠게 날뛰었다.

인간과는 다르다. 넘어져도 굳이 애써 일어나려고 하지 않는다. 쓰러진 채로 발목을 물어뜯고, 배를 낮게 깔고 땅바닥을 엉금엉금 기어서 목표를 노린다!

언데드 군단의 무서움은 무자비함에 있었다.

도무지 종잡을 수 없는 공격 방식. 오로지 살의만을 가지고 덤벼들기 때문이다.

로열 로드 명예의 전당!

벌써 소문이 퍼져서 인터넷을 통해 수십만의 시청자들이 보고 있었다. 각 방송사들의 중계를 보고 있는 사람들까지 감안한다면 수백만, 천만이 넘을 수도 있다.

-본 드래곤을 사냥하고 있다.

-이 대륙의 더위가 물러갈 날이 곧 오겠구나.

희열과 쾌감!

짜릿한 승부를 보면서 사람들은 즐거워하고 있었다.

그러던 차에 테로스와 그 부하들이 배신을 하는 것을 보게 되었다.

단순한 배신이라면 그렇게까지 격앙될 필요는 없으리라. 하지만 그들의 배신으로 인하여 전황이 극도로 불리하게 돌아갔다. 오베론도 목숨을 잃었다.

그리하여 아직 살아 있는 드럼에 의하여 동영상이 전송되고 있었다.

-이런 거지 같은 놈들.

-저 비겁한 놈들이 왜 저기까지 기어들어 갔어?

―멍청이.

―쓸모없는 놈들!

원정대원들이 죽어 갈 때마다 분노가 치밀었다.

아무리 힘이 지배하는 세상이라지만, 도덕적인 면에서도 배신은 욕을 먹어 마땅한 행위다. 게다가 저들이 실패한다면 그만큼 더 오래 더위를 견뎌야만 했기에!

마구 퍼부어지는 욕설.

수십만 건의 욕들이 게시판을 가득 뒤덮었다. 몇 명은 짜증을 내며 동영상을 보는 것을 종료하기도 했다.

그때에 그가 나타났다.

위드!

―마, 마, 마법의 대륙의 위드다!

―위드가 언데드들을 이끌고 왔다.

―아니야. 언데드들을 일으키고 있어!

사람들은 흥분했다.

어디서나 들을 수 있는 이름. 위드!

워낙에 유명한 탓에 많은 사람들이 위드라는 이름을 달았다.

그러나 진정한 위드는 하나뿐이다.

마법의 대륙 최고 고수이며, 진혈의 뱀파이어족과 불사의 군단을 물리친 사내.

위드는 이미 유명인이었다.

계정이 고가에 팔리고 난 이후 각종 언론들의 난리 법석 덕분에 과대 포장된 면도 없지는 않지만, 위드가 나타났다는 자체만으로도 사람들을 감격시키기에는 충분했다.

위드가 만들어 낸 언데드들이 엠비뉴의 사제들과 추종자, 악령 병사 들을 할퀴고 물어뜯었다.

"공격해라. 싸워라. 먹어 치워라!"

위드는 언데드 군단으로 하여금 철저하게 몬스터들만 상대하도록 지시했다.

-경험치를 습득하셨습니다.

-구울이 추종자가 떨어뜨린 3골드 15실버를 주웠습니다.

-듀라한이 늘어진 천을 획득했습니다.

-스켈레톤 메이지가 붉은 약초 꾸러미를 주웠습니다.

몬스터들이 죽을 때마다 얻는 소득이 짭짤했던 것.

경험치도 상당히 빨리 올라가는 편이었다. 언데드들이 싸울 때마다 일정 비율의 경험치를 받고 있으니, 직접 전투를 하는 것과는 비교가 안 될 지경이었다.

'역시 전투 계열의 직업이야!'

사냥이 원활하게 진행될수록 위드는 안타까움에 눈물이 흐를 것만 같았다.

진정한 전투 계열 직업!

그것도 최고의 성장 속도를 자랑한다고 알려져 있는 네크로맨서 계열의 맛을 보고 말았다.

네크로맨서의 경험치 축적 속도는 다른 직업들의 4배 정도나 빠르다.

물론 이것은 사냥을 하는 순간에 한정된 것이다. 대부분 파티가 아닌 솔로로 돌아다니는 네크로맨서들은 결코 편하지 않다.

네크로맨서는 시체를 언데드로 만드는 직업이다. 그러므로 그들의 기술을 발휘하기 위해서는 시체가 필요하다.

최초의 언데드!

그 1마리를 만들기 위하여 빈약한 공격 마법을 가지고 죽기 살기로 몬스터를 잡아야 했다. 점점 언데드들을 늘려 나가면 일은 훨씬 쉬워지겠지만, 나름대로 초반의 고충은 있었던 것이다.

성직자나 성기사들에게 취약하다는 약점도 가진다.

게다가 정해진 시간이 지나면 언데드들을 유지하지 못해, 시체로 돌아가 버린다. 그렇게 돌아간 시체를 다시 일으키려

면 막대한 양의 마나가 필요하다.

언데드 군단을 거느리며 전투를 벌일 때에는 화끈하기 짝이 없어도, 마나를 채우기 위해서는 지루한 시간을 보내야 했다.

게다가 언데드들은 마법의 스킬뿐만이 아니라 재료의 질도 중요했다. 어떤 시체를 사용하느냐에 따라서 그 위력이 천양지차로 달라진다.

레벨 300이 넘는 시체를 사용하면 마법 스킬이 낮아도 제법 강한 언데드를 일으켜 세울 수 있다.

"데스 나이트나 밴시, 레이스, 와이트, 스펙터. 이런 몬스터들을 부를 수 있다면 좋겠지만……."

그러한 3단계 이상의 언데드 소환 마법들은 네크로맨서 전용 마법이라는 제한이 있었다.

근원의 스켈레톤은 마법사의 성향을 갖고 있는 탓에 1차, 2차의 간단한 언데드 소환 마법은 사용할 수 있어도 네크로맨서 전용 마법의 사용까지는 무리!

그럼에도 재료들이 워낙 뛰어난 탓에 발군의 활약을 보이고 있었다.

원정대의 시체나 니플하임 제국 병사들의 시체, 심지어는 적 몬스터들의 사체들이 언데드가 되어 일어났다. 상대 몬스터 1마리에 서넛씩 달라붙어야 했지만 이 정도로도 충분했다.

"죽으면 또 일으키면 되니까."

전투가 지속될수록 언데드들은 무조건 늘어날 수밖에 없다. 네크로맨서는 실로 엄청난 장점을 가진 직업인 것이다.

"대단하다!"

"저 사람이 위드 님이구나."

원정대원들은 선망의 눈빛으로 바라보고 있었다.

베르사 대륙의 진정한 모험가.

어떤 퀘스트에도 불가능을 보여 주지 않은 절대적인 존재.

원정대원들이 추앙할 수밖에 없는 인물이었다.

"흠."

위드도 그 시선을 느끼고는 팔짱을 낀 채로 전장을 주시했다. 훤하게 전신의 뼈를 드러내 놓은 채로 근엄하게 전투를 구경했다.

"후후, 나의 언데드 군단이 잘 싸우고 있군."

위드는 오만하고, 절도 있게 서 있었다.

물론 원정대원들에게 이목은 집중시켜 놓은 상태다. 타인이 자신을 어떻게 여기고 있는지가 매우 궁금했으니까!

그런 위드의 귓가에 원정대원들이 떠드는 소리가 들렸다.

"그런데 왜 해골이지?"

"몰라. 어디서 못된 짓을 하다가 저주라도 받았나?"

"아닐 거야. 저주치고는 너무 멀쩡하잖아."

"그나저나 이제 본격적인 흑마법을 보여 주지 않을까?"

"그러게. 진정한 네크로맨서의 위력을 보여 주실 테니 기다리자."

"위드 님이라면 뭔가 굉장한 장면을 보여 줄 거야."

위드의 귓가가 간지러웠다. 그렇다고 해서 체면이 있지, 마나가 떨어졌다는 것을 공개할 수도 없는 노릇!

'네크로맨서 전용 스킬을 쓸 수도 없고.'

불끈.

지팡이를 쥔 손에 힘을 더했다.

언제나 그렇듯이 머리가 나쁘면 몸이 고생하면 된다.

위드는 지팡이를 든 채로 몬스터들을 향해 몸을 날렸다.

파바바박!

지팡이가 영활한 움직임을 보였다. 손바닥 아래에서 자유자재로 움직이면서 몬스터들을 쓰러뜨린다.

환상적이라고도 말할 수 있는 검술이, 지팡이를 통해 사람들 앞에 선을 보였다.

검과 지팡이는 큰 차이가 있다.

검이 상대를 베어 버리는 날카로운 무기라면, 지팡이는 그야말로 상대를 부숴 버린다.

타락한 성자의 지팡이의 공격력은 웬만한 검보다도 훨씬 좋을 정도!

몬스터들이 위드 앞에서 마구 박살이 났다.

'경험치! 경험치가 나를 부르는구나.'

언데드들이 줍는 아이템이나 돈은 모두 위드에게로 돌아온다. 하지만 경험치는, 언데드들을 통할 경우에는 절반 이상의 손실이 생겼다. 그러므로 위드는 철저하게 목숨이 경각에 달한 몬스터들을 골라서 잡았다.

넓은 시야와 발군의 눈치!

위드가 때리는 몬스터들은 불과 두세 대를 감당하지 못하고 죽었다.

그가 지나가는 곳마다 몬스터들이 사체로 변한다.

마치 폭풍처럼 진영을 휩쓸고 가는 위드였다.

'어쨌든 본 드래곤 때문에 한 번 죽었으니, 잃어버린 경험치를 보충하기 위해서라도 부지런히 싸워야지.'

여러 소중한 스킬의 숙련도들 또한 말할 것도 없이 큰 손실이었다.

위드는 피해를 만회하기 위하여 생명력이 얼마 남지 않은 몬스터들만 골라서 때려잡기로 한 것이다.

"과연 위드 님이야!"

"마법을 쓰는 걸로는 부족했던 것이지."

"암! 역시 몸을 움직여서 몬스터를 때려잡고 싶었던 거야."

"마법 실력이 그 정도였는데, 대체 저런 공격력이란……."

"레벨이 얼마일까?"

원정대원들의 흠모의 눈빛이 더욱 깊어졌다.

어쩔 수 없는 것이, 그들이 보기에는 위드가 지나간 곳마

다 몬스터들이 확연하게 줄어 있었다. 한 줄기 바람처럼 몬스터들을 휩쓸어 버리고 있다고 착각할 수밖에 없는 상황이었다.

그들의 눈에는 위드밖에 들어오지 않았다.

언데드들이 지지부진하게 싸우고 있는 장소에도, 위드가 뛰어들면 순식간에 적의 숫자가 줄어들고 만다.

신묘한 지팡이의 움직임.

놀라운 몸놀림과 부드러운 연결 동작들.

지금까지 난전을 거듭했던 것이 마치 거짓말이었던 것처럼, 전장은 깨끗하게 정리되어 갔다.

실제로는 언데드들이 거의 죽여 놓으면 위드가 마무리만 하고 있었지만 사람들이 보기에는 그 반대로만 느껴지는 것.

"정말 강하구나!"

"전투가 저렇게 멋질 수가 있다니!"

원정대원들은 연방 찬사를 내뱉었다.

위드의 예술적인 움직임들은 그 하나하나가 감탄을 자아내기에 충분했다.

근원의 스켈레톤은 철저한 전투형 직업으로, 상당히 강했다. 거기에 최상급의 무기인 타락한 성자의 지팡이의 조합은 위드의 공격력이 더욱 빛을 발하게 만들어 주었다.

위드는 때로 보통 사람들로서는 상상하기 힘든 과격한 스킬도 보여 주었다.

멀리 30미터쯤 떨어진 곳에서 엠비뉴의 사제가 죽어 가고 있었다.

쓰러지기 일보 직전!

그런데 듀라한들이 위에서 검을 내려칠 준비를 하고 있었다.

위드는 자신의 갈비뼈를 뚝 분질렀다.

"뼈 투척!"

부러뜨린 갈비뼈를 목표를 향해 던졌다.

뾰족하게 갈린 뼈다귀를 날린다! 근원의 스켈레톤만이 가지고 있는 독창적인 기술이었다.

뼈다귀는 강한 기세를 품고 날아가서 죽기 직전이던 목표의 생명을 앗아 갔다.

―육체의 일부를 사용하셨습니다.
 뼈를 회수하기 전까지 공격력이 1.3%, 방어력이 2% 저하됩니다.

위드는 굉장히 바쁘게 움직였다.

싸우고, 아이템을 습득하고, 뼈를 던진다. 언데드 군단을 지휘하기도 했다. 한시도 쉬지 않고 움직이면서 질풍처럼 몬스터들을 몰아쳤다.

검치 들과 원정대원들도 정신을 차리고 싸웠다.

그 결과 엠비뉴의 사제들과 악령 병사, 추종자 들을 해치울 수가 있었다.

"쿠, 아, 아, 아!"

포효하고 있는 본 드래곤!

몬스터들은 처리했지만 보스 급 몬스터인 본 드래곤이 남아 있었다.

토리도가 뱀파이어들을 데리고 싸우고 있었지만 피해가 막심했다. 휘하 뱀파이어들이 절반도 남지 않은 상태!

무수히 많은 언데드들이 땅바닥에서 시위를 하고 있었지만, 본 드래곤과의 전투에는 그다지 도움이 되지 않는다. 원정대도 다들 지쳐서 더 이상 싸울 힘이 남아 있지 않았다.

위드는 갈등했다.

'지금이라도 후퇴하는 편이 나을까?'

도주로는 이미 확보되어 있다. 토리도를 희생양 삼아 도망친다면 생명은 건질 수 있다.

'하지만 그러면 죽음의 계곡에서 벌어진 니플하임 제국의 역사의 진실을 알 수는 없어.'

퀘스트가 발목을 잡았다.

한 가지 남은 퀘스트를 위해서라면 어떤 식으로든 장내를 정리해야 할 상황!

본 드래곤이 등장했던 곳 뒤에는 큰 동굴이 있었다. 아마도 저곳에 니플하임 제국의 비밀이 담겨 있으리라.

하지만 본 드래곤의 눈을 피해서 동굴로 들어가는 것은 만만찮은 일이다. 본 드래곤은 전투를 하면서도 그 동굴의 주변을 크게 벗어나지는 않았던 것.

 설혹 들어갈 수 있다고 하더라도 나올 때가 더 큰 문제다.

 '여기서 물러서면 다음 기회를 노리는 것은 더 어렵다. 지금 본 드래곤을 잡는다!'

 위드는 결단을 내렸다.

 여태까지 몬스터와 싸우면서 물러섰던 적은 없다. 치밀하게, 때론 오랜 시간 공들여서 노력했던 적은 있지만, 도전도 해 보지 않고 꼬리를 말았던 적은 없다.

 마법의 대륙 시절 불굴의 싸움꾼이었던 위드의 정신이 되살아났다.

 '부딪쳐 본다.'

 위드는 전투를 하는 도중에 모인 마나를 확인했다. 마나를 아끼면서 육체만을 이용해서 싸운 덕분에 43% 정도가 회복되었다.

 "음침한 어둠이 내린 창. 암흑 속에서 탄생하여 적의 심장을 꿰뚫는 창이여. 이곳에 나타나라. 다크 스피어!"

 위드가 한쪽 팔을 옆으로 벌렸다. 흑색의 창이 손에 잡혔다.

 음험한 안개가 흐르는 창.

 흑마법을 통해 만든 창이었다.

 현재 사용할 수 있는 공격 마법 중에서는 가장 강하고, 많은 마나를 소모하는 기술이다. 남아 있던 마나 중의 절반 이상이 소모되었다.

"가라!"

위드는 혼신의 힘을 다해서 본 드래곤을 향해 다크 스피어를 날렸다.

토리도와 서윤, 아직까지 살아남은 몇 안 되는 다크 게이머와 싸우고 있는 본 드래곤을 향해서.

선전포고.

본 드래곤을 사냥감으로 여기고, 놈을 해치우겠다는 확고한 의지의 표현이었다.

일점 공격술

쐐애애액!

공기를 날카롭게 찢으며 직선으로 쇄도한 다크 스피어는 본 드래곤의 날개 뼈를 관통했다.

"끄, 어, 어, 어!"

본 드래곤은 크게 울부짖었다. 고통스러운 신음을 내질렀다.

"이제 시작일 뿐."

반면 위드는 미소를 지었다. 전의를 다잡으면서 본 드래곤이 아파하는 것을 즐기는 것이다.

상대의 절망은 나의 행복!

보통 때라면 썩은 미소를 여지없이 날려 주었으리라. 하지만 지금은 스켈레톤이라서 그렇게 비열하게 웃을 수가 없었다. 그렇기에 턱관절을 크게 벌리면서 웃었다.
누구보다도 비겁하게!
"크흐흐흐흐!"
웃음을 날리고 있는 위드였다.
그러면서 배낭에서는 붉은 포션을 대량으로 꺼냈다.
급속 회복 포션.
외상을 빨리 낫게 하는 데에는 그만인 물건이고, 없어서 못 사는 아이템이었다.
"사형들, 이쪽으로 좀 모여 보십시오."
검치 들이 아직도 55명이나 살아 있었다. 바퀴 벌레를 능가하는 생명력으로 몬스터와의 교전에서 살아남았던 것이다.
"왜 그러냐?"
"무슨 일인데?"
검치 들은 어슬렁거리며 모여들었다.
"위험해지면 이걸 드십시오."
위드는 붉은 포션을 1인당 9개씩 나눠 줬다. 그러면서 약간의 말을 덧붙이는 걸 잊지 않았다.
"맛있을 겁니다."
"오오오!"
검치 들은 환호했다.
새벽부터 고된 훈련에, 하루 종일 정해진 음식만 먹는다.

그들에게 이러한 별미는 꿀맛과도 같은 것!

"어디 냄새나 맡아 볼까?"

검삼십구치는 포션의 뚜껑을 열었다.

"오, 이 은은한 향기!"

포션의 생명은 청량함과 산뜻함. 트롤의 피로 만든 포션은 더할 나위 없이 훌륭한 음료수였다.

검치 들이 언제 이런 고급 음식을 먹어 볼 수 있겠는가.

"맛있겠다."

검삼십구치가 당장 필요도 없는 포션을 들이켜려고 할 때였다.

위드가 넌지시 말했다.

"그런데……."

"응?"

"검십육치 사형이 장렬하게 전사했습니다."

"어, 그랬냐?"

검삼십구치는 의외라는 듯이 눈을 부릅떴다. 용의주도하게 위험은 잘 빠져나가기 때문에 웬만해서는 죽을 사람이 아니었다.

"대체 무슨 일로?"

"그게… 사실은 원정대에 사형이 마음에 들어 했던 여자가 있었던 모양입니다."

"여자가 마음에 든 것과 죽은 게 무슨 상관인데?"

"그 여자 분을 지키기 위하여 용감하게 몬스터와 싸우다가 죽었습니다. 그래서 그 여자 분과 친구 등록을 하셨습니다."

 친구 등록!

 검삼십구치의 눈이 번쩍 뜨일 만한 사건이었다. 포션을 받기 위해 주변에 모여 있던 검치 들도 웅성거렸다.

 "친구 등록이라니……."

 "그런 걸 했단 말이야?"

 "지금까지 남자들끼리만 등록되는 기능인 줄 알고 있었는데."

 검삼십구치가 반신반의하며 물었다.

 "정말로 여자와 친구 등록을 했단 말이냐?"

 "틀림없습니다."

 "네 눈으로 똑똑히 보았겠지? 어디 꿈에서 보았거나, 말도 안 되는 헛소문을 듣고 하는 이야기는 아니겠지?"

 "제가 방금 직접 보고 들었습니다. 여자들은 강한 남자를 좋아합니다. 본 드래곤과 싸워서 멋진 모습을 보여 준다면, 원정대의 여자들은 사형들의 매력에 흠뻑 빠지게 될 겁니다. 실패하더라도 용기를 보여 준다면 분명 긍정적인 생각을 갖게 되겠지요."

 검삼십구치는 무기를 잡았다.

 "위드야."

 "예, 사형."

"좋은 정보 알려 줘서 고맙다. 으아아아! 나도 노총각 신세 좀 면해 보자!"

검삼십구치는 본 드래곤을 향해서 전력을 다해 달렸다.

아무리 강한 몬스터라고 해도 혼자 하는 설거지만큼 두렵진 않다!

고독한 검삼십구치의 울부짖음.

그 뒤를 이어서 다른 검치 들도 맹렬하게 돌진했다.

"저놈을 죽여라!"

"아니면 최대한 멋지게, 우아하게 죽어야 해!"

위드는 몇 마디 말로써 검치 들의 가슴에 불을 지르는 데 성공했다.

'어차피 물러설 마음도 없었겠지만.'

누구보다도 전투를 즐기는 검치 들이, 상대가 부담스럽다고 해서 꼬리를 말았을 리가 없다.

지금까지 묵묵히 휴식만 취하고 있던 원정대의 마법사와 성직자 군단에서도 변화가 일어났다.

"내 모든 마나를 이곳에 모아… 환하게 불태우리니 적을 향한 분노의 일격이 되어라. 마나 번!"

마법사들의 마나 번 공격!

낮은 하늘을 날고 있던 본 드래곤은 마나 번 공격에 의해 다시금 지상으로 추락했다.

성직자들도 힘을 모았다.

"진리의 힘이여. 어긋나 있는 것들을 바로잡을 힘을 우리에게 내려 주소서. 그대의 종으로서, 밝음을 되찾을 수 있는 힘을 주소서. 어떠한 희생도 두렵지 않사옵니다."

2차 전직을 마친 성직자들만이 사용 가능한 궁극의 신성 마법.

숭고한 희생!

모든 생명력과 마나를 희생시키는 대신에 적을 공격하는 수법이었다.

마법사들의 마나 번 이상의 공격력을 가지고 있지만, 성직자들은 웬만해서는 사용하지 않는다. 한 번의 사용으로 인해 목숨을 잃을뿐더러, 성직자들이 죽고 나면 어떤 파티나 원정대라도 전투를 지속하기 어렵기 때문이다.

그야말로 최후의 수단!

"캬, 오, 오! 몇, 몇, 하, 지, 못, 하, 고, 비, 겁, 한, 인, 간, 들! 당, 당, 하, 게, 하, 나, 씩, 덤, 빌, 줄, 모, 르, 느, 냐!"

본 드래곤의 몸이 타올랐다. 육체의 내부에서부터 뜨거운 화염이 피어올랐다.

성직자들의 숭고한 희생 덕분이었다.

본 드래곤은 지상에서 괴로움으로 몸부림을 쳤다.

"역겹고 뜨거운 불빛이 비치는군. 우리 밤의 귀족들의 힘을 빼앗아 가 버리고 있다."

숭고한 희생은 토리도에게도 불리하게 작용했다.

지금까지 박쥐로 변해서 싸우던 토리도와 뱀파이어들은 성직자들의 숭고한 희생에 의해서 잿더미로 변했다. 완전한 죽음은 아니었으나 강한 타격을 받아서 역소환이 되어 버린 것!

성직자들의 희생은 불행히도 언데드나 뱀파이어들에게도 치명적인 위력을 발휘했다.

어쨌든 이때가 기회였다.

검치 들과 다크 게이머들이 난동을 피우고 있는 본 드래곤에게 다가가서 검과 무기를 휘둘렀다.

본 드래곤을 죽이기 위하여!

하지만 본 드래곤은 굴복하지 않았다.

"어, 리, 석, 은, 인, 간, 들! 더, 러, 운, 발, 길, 을, 들, 인, 대, 가, 를, 치, 르, 라!"

수십 미터나 되는 꼬리를 채찍처럼 휘두르며 인간들을 공격했다.

"아, 이, 스, 볼, 트!"

얼음 화살들이 하늘에서 비처럼 내렸다.

검치나 다크 게이머 들, 서윤은 그 얼음 화살을 수도 없이 맞아야 했다. 본 드래곤이 스스로도 피해를 입는 것을 감수하면서 지역 전체에 마법을 썼던 것이다.

무작위로 내리꽂히는 얼음 화살!

"꺄아악!"

"살려 주세요!"

힘을 잃은 마법사와 정령사, 성직자 들이 가장 먼저 목숨을 잃었다.

죽음의 계곡 전역에 내리는 얼음 화살은 피할 장소도 없었다. 오로지 몸으로 받아 낼 뿐!

"거룩한 어둠이 내린 창. 암흑 속에서 탄생하여 적의 심장을 꿰뚫는 창이여. 이곳에 나타나라. 다크 스피어!"

위드는 마나가 회복되자마자 다시 흑색 창을 소환했다. 그러고는 미끄러지듯이 본 드래곤에게 다가갔다.

'가까이서 보니 더욱 거대한 몸이군.'

위드는 창으로 본 드래곤을 마구 찔렀다.

특별한 공격 스킬이 필요한 상황이 아니다.

난도질!

웅장한 거체가 드러누워 있을 때 최대한 많은 공격을 가해야 했다.

검치 들도 눈부신 속도로 이동해 와서, 마법을 쓰느라 순간 저항을 하지 못하는 본 드래곤을 베었다. 레벨이나 스킬이 아닌, 본능적인 동작들.

민첩한 움직임으로 본 드래곤을 베어 버린다.

"죽여 버려!"

"이대로라면 승리할 수 있다."

마법사와 성직자의 희생 덕분에 본 드래곤의 거체를 지상

에 가두어 두고 공격을 퍼부을 수 있었다. 그럼에도 막대한 본 드래곤의 생명력은 20% 넘게 남았다.

문득 본 드래곤의 눈이 광채로 빛났다. 그리고 숨을 크게 들이마시기 위해 입을 쩌억 벌렸다.

"젠장!"

"모두 피해!"

열심히 무기를 휘두르던 위드와 검치, 다크 게이머 들은 불에 덴 듯이 물러섰다.

브레스!

본 드래곤이 가진 최강의 공격 기술 브레스가 주둥이에서 터져 나오려는 조짐이다.

'도대체 몇 번이나 브레스를 쓸 수 있는 거야?'

위드는 내심 속이 탔지만 피하는 것이 우선이었다.

본 드래곤은 버둥거리면서 고개를 땅에 처박은 채로 브레스를 발사했다.

푸화화화확!

지면을 향해 발사된 브레스!

얼음으로 된 땅이 녹아내린다.

브레스를 사용한 반동으로 본 드래곤이 공중으로 솟구쳐 올랐다. 그러고는 공중에서 브레스를 사방으로 뿜어내기 시작했다.

처음보다는 굉장히 많이 약화된 브레스였다. 그럼에도 그 위력은 충분하고도 남았다.

여태까지 간신히 버틴 다크 게이머나 검치 들이 그대로 녹아 갔다.

검치 들은 궁여지책으로 포션을 마셔 보기도 하였으나, 근본적으로 포션이란 짧은 순간 생명력의 회복을 촉진시켜 주는 것! 포션으로 회복되는 양으로는 공격으로 줄어드는 생명력을 감당할 수가 없었다.

결국 강한 공격에는 약할 수밖에 없는 검치 들이 브레스를 감당하지 못하고 생명을 잃었다.

다크 게이머와 검치 들. 직접 전투를 담당할 수 있는 전사들이 이제는 남지 않은 것이다.

눈치 빠르게 제일 먼저 도망친 위드와 서윤, 스스로 치료가 가능한 성기사들 몇 명만이 살았다.

그런데 공중에 둥둥 떠 있는 본 드래곤은 아직도 여력이 남은 모양이었다.

"너, 를, 벌, 하, 겠, 다. 데, 몬, 스, 피, 어."

본 드래곤의 정면에 거대한 창이 생겨났다.

위드가 만들었던 다크 스피어보다 한 단계 더 높은 흑마법!

최소한 3차 전직을 마친 흑마법사나 쓸 수 있는 고위 공격 마법이었다.

아마도 브레스까지 사용하여 마나가 거의 고갈된 본 드래곤으로서는 최선을 다한 기술이리라.

본 드래곤은 위드가 빈틈을 노려 날개와 옆구리를 때렸던 것을 잊지 않았다. 받은 만큼은 돌려주는 아주 착실한 몬스터였던 것이다.

쐐애애액!

발출된 데몬 스피어가 사나운 소리를 내면서 위드를 향해 쏘여 왔다.

흑색 투기가 회오리치는 거대한 창.

본 드래곤이 조종을 하므로 그 위력이 다하지 않는 한 절대로 목표를 놓치지 않는다.

"빌어먹을!"

위드는 뒷걸음질 쳤다.

"데스 나이트! 언데드들은 내 앞을 막아라!"

이제 쓸모가 많지 않은 언데드들이 몰려들었다.

데몬 스피어의 힘을 어떻게든 상쇄시켜서 살아남기 위한 노력!

그러나 데몬 스피어는 언데드의 몸을 그대로 뚫고 들어왔다. 데스 나이트나 언데드나 방어력이 그리 높진 않았던 것.

몸이 꿰뚫린 언데드들이 먼지처럼 사라져 갔다.

"미안하다, 주인!"

데스 나이트 반 호크조차도 역소환되었다.

이제 데몬 스피어는 거의 위드의 코앞까지 다가왔다.

'하루에 두 번이나 죽을 줄이야. 오늘은 정말 최악의 날이

로군.'

 블러드 네크로맨서들의 권능. 죽음을 거부하는 힘!

 그 최대의 약점이 부각되고 있었다.

 "눈 질끈 감기!"

 위드는 눈을 감았다.

 마지막으로 할 수 있는 모든 것을 다한 것이다.

 '운이 좋다면 살 수도 있겠지.'

 하지만 몇 초가 지나도 고통이 느껴지지 않았다.

 "빗나갔나? 그럴 리가 없는데."

 위드가 눈을 떴다.

 그러자 그 앞을 막아 준 여인이 보였다.

 서윤!

 그녀가 몸으로 데몬 스피어를 막아 주었던 것. 하지만 그대가로 서윤은 죽어 가고 있었다.

 위드는 서둘러 붕대를 꺼내 보았지만 이미 그녀의 생명력은 거의 소진된 후였다. 아무리 서윤이라고 해도 본 드래곤에게 여태까지 버틴 것이 용할 정도였다.

 그런데 서윤이 간절하고 조급한 얼굴로 입을 벌렸다.

 "친구……."

 상상도 못 하던 일!

 위드는 그녀가 말을 할 줄은 꿈에도 몰랐다.

 '벙어리가 아니었던가?'

말을 한 서윤조차도 스스로 깜짝 놀라는 얼굴이었다.

천상에서 들려오는 것처럼 맑고 영롱한 목소리.

위드가 들어 본 사람의 목소리 중에서 가장 예뻤다.

-서윤 님이 친구 등록을 요청하셨습니다. 친구 등록을 받아들이시겠습니까?

위드는 경황 중에 고개를 끄덕였다.

"예."

-서윤 님과 친구로 등록되었습니다.

아주 짧은 순간이었지만, 서윤은 다소 안심한 얼굴로 목숨을 잃었다.

본 드래곤이 최초의 브레스를 뿜어냈을 때였다.

서윤. 그녀는 마음 한구석이 무너지는 것만 같았다.

'위드. 그가 죽었어.'

사실 함께한 시간이 그리 오래되지는 않았다. 하지만 은근히 정이 많이 들었다.

그가 만든 조각상을 보면서 얼마나 따뜻한 사람인지를 알게 되었고, 그가 만든 음식을 먹으면서 소박한 행복이 무엇인지를 배웠다.

 어디서든 같이 있으면서 편안함을 느낄 수 있는 것.

 그게 바로 친구였다.

 서윤은 본 드래곤에 의해 위드가 죽은 것을 알고 까닭 모를 화가 치밀었다.

 광전사답게, 처음으로 분노에 몸을 맡겼다.

 몸을 돌보지 않고 본 드래곤을 공격했던 것!

 하지만 어느 순간 위드가 되살아났다.

 그 형상은 많이 바뀌었지만, 와이번들과 금인이를 데리고 나타난 것은 틀림없는 위드였다.

 원정대원들이 이야기하는 소리도 들었다.

 '살아 있었구나.'

 서윤은 스스로 작은 기쁨을 느꼈다. 가슴 한구석이 따뜻해진 것처럼, 안도감이 들었다.

 '쓸데없는 걱정을 했잖아.'

 괜히 혼자서 얼굴을 붉히고, 묵묵히 전투에만 전념했다.

 의도적으로 위드와는 더욱 거리를 두기도 했다.

 '어차피 나는 누구에게도 사랑받을 수 없어. 다시는 다른 사람과 함께 퀘스트를 하지 않을 거야.'

 마음 한구석에는 경계심이 남아 있었기에, 위드와도 이번 퀘스트를 끝으로 이별할 작정이었다.

 애초부터 누군가와 같이 어울려 다니는 것이 익숙하지 않

앉던 그녀였기에 자연스러운 선택. 이미 그러한 결론을 내리고 있었다.

하지만 위드에게 데몬 스피어가 날아갈 때였다.

머릿속으로 생각하는 것과는 달리 몸이 먼저 움직였다.

'안 돼!'

서윤은 위드의 앞을 막았다.

지속적인 전투로 정상이 아니던 그녀에게 데몬 스피어는 결정적이었다.

'죽는다.'

죽음을 예감한 서윤.

레벨이나 숙련도에 대한 아쉬움은 없었다.

어차피 그런 것을 목적으로 사냥을 한 것도 아니었기에.

혼자서 사냥을 하면서 무수히 많은 죽음을 겪어 보았다.

하루의 접속 제한. 그 무료한 시간 때문에 가급적이면 죽지 않으려고 했을 뿐, 죽음 자체에 대한 두려움은 그리 없었다.

하지만 죽으면 근처의 마을이나 동굴 같은 안전지대에서 되살아나게 된다. 문제는 그곳이 어디가 될지, 그 후에 어디로 가야 위드를 만날 수 있을지 모른다는 점이다.

'이제 다시는 이 사람을 만날 리 없겠구나. 이 넓은 땅에서 우연이라도 겹치지 않는다면 볼 수 없게 되는 거야. 영원한 이별…….'

서윤은 갑자기 가슴이 미어질 듯 괴로웠다.

누군가와의 이별.

사랑받지 못했던 만큼, 얼마 되지 않는 아는 사람과 영영 헤어진다는 것은 여린 마음을 아프게 만들었다.

서윤은 애가 탔다. 그러고는 자신도 모르게 말했다.

"친구······."

-위드 님과 친구로 등록되었습니다.

위드는 엄습해 오는 공포에 치를 떨었다.

"세상에 이렇게 잔인한 여자가 있을 수가 있다니! 정말 지독하구나."

본래 아름다운 장미에는 가시가 있다고 했다.

서윤의 미모는 세기의 예술품 수준이다. 피부와 몸매, 얼굴. 어디 한 군데도 흠을 잡을 수 없을 지경. 대충 늘어뜨린 흑단 같은 머리카락마저도 절묘하게 어울려서 환상의 자태를 보여 주었다.

아무리 미를 잘 표현하는 화가라고 하더라도, 혹은 시인이라고 해도 그녀가 뿜어내는 분위기와 아름다움을 제대로 표현하기는 힘들리라.

어깨 밑으로 하늘하늘 늘어진 머리카락과 맑은 눈망울, 피부 등은 얼굴에서 도저히 눈을 뗄 수 없게 만든다.

하지만 그 마음 씀씀이만큼은 독하기 짝이 없었다.

"말을 할 수 있었는데도 지금까지 안 하고 있었어!"

수없이 많은 기회가 있었다.

요리를 할 때도, 사냥을 할 때도 말을 하면 되었다. 그런데 지금까지 말을 했던 적이 없다. 상대방으로 하여금 벙어리인 줄 착각하게 만든 것이다.

"그걸로 말을 못한다고 무시했더라면 트집을 잡아서 어떤 잔인한 짓을 했을지 몰라. 악취미야, 악취미. 어떻게 이런 악취미를 가진 여자가 다 있을까."

위드는 서윤에 대한 경계심을 더욱 높였다.

"그런데 왜 갑자기 친구 등록을 하자고 한 거지? 지금까지 아무런 제의도 하지 않더니 말이지."

위드로서는 그녀의 의도를 순수하게 여길 수가 없으니 의혹이 무럭무럭 자라났다. 흑심, 모략, 음모, 귀계, 협잡이라면 위드를 빼놓고는 절대로 얘기할 수 없다.

문득 머릿속에서 스쳐 지나가는 사악한 술수!

"설마… 맞아! 역시 그랬구나."

위드는 손바닥을 쳤다. 확실한 이유가 떠올랐다.

"이제 죽기 직전이 되니까 말한 거야. 친구 등록! 암, 그렇게 해야 나를 찾을 수 있으니까."

죽으면 누구나 아이템을 흘리게 된다.

서윤은 자신이 죽게 되면 떨어뜨릴 아이템이 걱정되었으리라. 친구 등록으로 위드를 붙잡아 두고, 자신의 물건을 절대 잃어버리지 않겠다는 판단!

"역시 그랬던 게 틀림없어. 정말 사악한 여자로구나."

위드는 다시금 치를 떨었다.

인간으로서 어찌 이토록 계산적으로 살 수 있단 말인가.

어쩌면 데몬 스피어를 맞아 준 것도 우연에 불과할지 모른다.

이곳의 땅은 얼음으로 되어 있다. 혹시라도 운이 나빠서 쭉 미끄러졌을지 누가 알겠는가!

위드는 마침 눈을 감고 있었으니 더욱 알 수 없는 일이었다.

"나를 살려 주기 위해서 일부러 죽음을 감당했다고는 믿을 수 없으니까. 맞아. 미끄러졌을 거야."

서윤이 위드를 살리기로 한 것은 다분히 충동적인 결정.

그것을 알 리 없는 위드는 그렇게 생각하면서 서윤이 죽은 자리를 살펴보았다. 일단 어떤 아이템이 떨어져 있는지를 살펴야 했으니까!

"이게 대체 뭐야."

서윤이 죽은 장소에는 흑돼지의 가죽으로 만든 두꺼운 가죽 옷이 떨어져 있었다.

위드가 만들어 준 방한용 옷. 겨우 이것을 떨어뜨린 것이다.

"유니크 아이템이라도 떨어뜨리면 구경이나 좀 하려고 했더니 정말 재수도 지지리도 없구나."

위드는 푸념을 하면서 가죽 옷을 집어 들었다. 그때 본 드래곤이 의사를 전달해 왔다.

"어, 리, 석, 고, 주, 제, 넘, 은, 인, 간, 들, 아! 이, 것, 이, 너, 희, 들, 의, 한, 계, 이, 다."

뼈로 이루어진 거대한 날개를 움직이면서 하늘에 떠 있는 본 드래곤!

거센 풍압에 주변의 눈이 위로 솟구쳤다. 얼음들이 쩍쩍 갈라지기도 했다.

위드뿐만이 아니라, 얼마 살아남지도 않은 원정대 전원의 기를 꺾어 놓기 위하여 위세를 보이는 것이다.

원정대원들은 좌절했다.

"이제 끝났구나."

"마법사들이나 성직자들이 거의 죽었어. 하늘을 날아다니는 본 드래곤을 감당할 방법이 없다니."

철저하게 무력감을 느껴야만 했다.

"배신만 없었더라도……."

뒤늦게 통탄해도 어쩔 수 없는 일!

지상에는 위드가 일으킨 언데드들이 바글거렸다.

듀라한, 데스 나이트, 좀비, 구울 등!

하지만 일반적인 몬스터라면 몰라도 하늘을 날아다니는

본 드래곤과 싸울 때에는 별다른 도움이 되지 않는다. 스켈레톤 메이지들이 마법을 쓸 수는 있었으나, 상성 때문에 본 드래곤에게는 아무런 피해를 입히지 못한다.

원정대원들은 절망 어린 심정으로 위드를 보았다. 그나마 싸울 수 있는 사람은 그밖에 없었다.

"너희가 태어났던 곳으로 되돌아가라. 리턴 언데드!"

위드가 주문을 외웠다. 그러자 기세등등하게 땅 위에서 허우적거리던 언데드들이 모두 힘을 잃고 쓰러졌다. 마력의 원천을 회수한 탓이었다.

위드가 포기한 줄 알고 원정대원의 어깨들이 축 늘어졌다.

"아아, 역시!"

"죽는 것밖에 남지 않았구나."

본 드래곤은 인간들이 가소롭다는 듯이 웃었다.

"우, 매, 한, 인, 간, 들, 이, 여! 너, 희, 들, 이, 저, 지, 른, 죄, 의, 대, 가, 를, 받, 을, 시, 간, 이, 돌, 아, 왔, 다."

하지만 그때였다.

"본 드래곤, 여전히 정신을 못 차렸구나. 아직도 상황 파악이 안 돼?"

조금도 위축되지 않은 위드가 나서서 비아냥거렸다.

"설, 마, 나, 에, 게, 한, 말, 은, 아, 니, 겠, 지?"

"너야, 이 멍청아!"

위드는 본 드래곤을 윽박질렀다.

본 드래곤에게 겁을 집어먹을 필요는 없다.

물론 놈이 잡기 힘든 몬스터라는 것은 인정한다. 정상적인 상태라면 계란으로 바위 치기. 싸움 자체가 성립될 수 없을 테니까!

하지만 지금은 상황이 많이 달라졌다.

'지금까지의 전투로 인해 생명력이 20% 이하로 떨어졌을 거야. 그리고 무리해서 브레스와 마법을 썼으니, 남은 마나도 없겠지.'

겁먹을 이유가 조금도 없었다.

지나친 생명력의 상실로 인하여 힘과 체력도 상당수 줄어 있으리라.

외관상으로는 무지막지한 위용을 자랑하고 있지만, 사실은 약해질 대로 약해졌다. 그렇다면 싸워 볼 만하다.

위드는 외쳤다.

"전투다, 빙룡!"

사자후를 응용한 위드의 울부짖음이 죽음의 계곡을 뒤흔들었다.

와르르르!

얼음들이 다시금 깨어지고 계곡 위의 눈이 아래로 쏟아졌다.

"크롸롸롸롸롸!"

그리고 이에 호응이라도 하듯이, 멀리서부터 하늘을 찢는

괴성이 들렸다.

무언가가 다가오고 있었다.

처음에는 작은 새인 줄 알았지만 점점 커져 가는 형체!

빙룡!

거대한, 크기가 수백 미터에 달하는 빙룡이 모습을 드러냈다. 거의 본 드래곤과 비슷한 크기였다.

"공격해라! 놈을 부숴 버려라!"

위드의 명령에, 빙룡은 날아오던 속력 그대로 본 드래곤에게 돌진했다.

콰아아아앙!

본 드래곤과 빙룡의 격돌!

공중에 떠 있던 본 드래곤은 다시금 지상으로 추락했다.

좋은 기회를 맞이한 빙룡!

하지만 빙룡도 땅바닥을 굴렀다.

워낙 큰 충격에 자신도 약해져 버린 상황!

"죽, 이, 겠, 다."

"주인이 싸우라고 명령했다. 죽어라!"

본 드래곤과 빙룡은 서로를 증오하면서 맹렬하게 맞붙었다.

이번에 먼저 공격한 것은 본 드래곤이었다. 해골로 된 큰 머리로 빙룡의 옆구리를 물어뜯었다.

얼음 부스러기들이 마구 깨어지고, 부상당한 날갯죽지가 축 늘어졌다.

막강한 본 드래곤의 공격력!

하지만 빙룡도 당하고 있지만은 않았다. 뒷발과 꼬리로 본 드래곤의 몸을 칭칭 감고 앞발로 마구 할퀴었다.

"크, 아, 악!"

"아프다. 아파!"

본 드래곤과 빙룡은 비명을 질러 댔다. 그러면서도 육중한 몸으로 공중을 날며 상대를 물어뜯고 할퀸다.

두 드래곤들이 전투를 벌이자, 지상은 태풍을 맞은 것처럼 엉망으로 변했다. 엄청난 바람에 눈과 얼음들이 날리고, 지진이 일어나서 서 있을 수도 없었다.

위드는 냉정하게 빙룡과 본 드래곤의 전투를 살폈다.

'본 드래곤이 약해졌다.'

빙룡의 힘은 그리 강하지 못하다. 그럼에도 어느 정도 비등하게 싸울 수 있는 것은 본 드래곤이 지쳤기 때문!

멀쩡한 상태의 본 드래곤이었더라면 빙룡을 제압하고 단숨에 목덜미를 물어뜯었으리라.

'이건 어느 쪽이 먼저 죽느냐의 싸움이야.'

위드도 그대로 구경만 하고 있진 않았다.

"와삼아! 이리 와라."

"알았다, 주인!"

와이번들은 본 드래곤에게는 감히 덤비지 못하고 주변을 경계만 하고 있었다. 그러던 차에 부르니 와서 넙죽 엎드렸다.

위드는 와이번 위에 올라탔다.
"날아라. 우리도 싸운다."
"알겠다, 주인!"
와이번들은 날개를 활짝 펼치고 비상했다.
위드는 이를 악물었다.

-추위로 인하여 힘이 저하됩니다.

 북부의 추위는 도저히 하늘을 이용할 엄두가 나지 않게 만든다. 과거에도 한차례 하늘을 날면서 혹독한 감기를 겪어 본 바가 있었다.
 하지만 이대로 기다리고만 있어서는 본 드래곤을 죽일 수 있을지 확신할 수 없다.
 '행운을 바라지는 않는다. 직접 싸운다!'
 위드는 와이번을 타고 다크 스피어를 소환했다.
 본 드래곤의 목숨을 확실하게 끊기 위하여 직접 전투에 참여한 것이다.
 "전속력으로 날아라!"
 위드의 명령에 와이번이 날갯짓을 더욱 세차게 했다.
 미칠 듯한 바람!
 그 바람을 뚫고 빙룡과 본 드래곤이 어우러진 전장을 스쳐 지나간다.
 위드는 본 드래곤의 갈비뼈를 향해 강하게 다크 스피어를

내질렀다.

파카칵!

엄청난 반발력이 일어나면서 불똥이 튀었다.

'본 드래곤의 생명력의 원천은 방어력이다. 그 방어력과 막대한 생명력 때문에 이토록 죽지 않는 거야. 그렇다면 놈을 죽일 수 있는 방법은?'

위드는 얼마 전의 기억을 떠올렸다.

도장에서 검을 배울 때의 일이었다.

"이현아, 너는 두 팔로도 감쌀 수 없는 큰 나무를 검으로 벨 수 있겠느냐?"

안현도의 물음에 이현은 고개를 저었다.

불가능한 일이었다.

아무리 진검이라고 하더라도 예리함에는 한계가 있어서 그렇게 굵은 나무를 베지는 못한다. 특히 살아 있는 거목의 경우에는 수십 번의 도끼질도 견뎌 내는 법.

상대적으로 가벼운 무기인 검은, 나무를 베기에 적합하지 않다.

"검으로 베기는… 무리일 것 같습니다."

"그래? 어렵다고 하면 어려운 일이겠지. 하지만 너의 사형들은 할 수 있는 일이란다. 거목을 일 검에 베어 버리는 것. 수련생들 중에서도 절반 정도는 가능하지 않을까?"

이현은 고개를 갸웃했다.

"어떻게 하면 그런 일이 가능합니까? 아무리 좋은 검을 들고 있다 하더라도, 사람의 힘으로 해내기는 무리일 것 같은데요."

"나무의 결을 베는 것이란다."

"결요?"

"천지 만물에는 모두 결이 있지. 그 흐름을 따라서 벤다. 그러면 큰 힘을 들이지 않고도 검의 날을 상하지 않고 원하는 것을 베어 버릴 수 있다. 바위나 쇠라고 하더라도 그 결을 따라서 벤다면 어렵지 않다."

"저도 할 수 있을까요?"

"노력을 한다면. 명검은 수십 번의 담금질로 탄생하는 것이지. 검뿐만이 아니라 그 검을 쓰는 사람도, 수십 년의 고련이 있다면 이 세상에 베지 못할 것이 없다."

안현도는 어려서 검을 익히던 시절이나, 직접 전장에서 활약했던 과거도 많이 들려주었다.

그러던 차에 로열 로드에 대한 이야기도 우연히 나오게 되었다.

안현도가 빙긋 웃었다.

"로열 로드. 그 베르사 대륙에도 상당히 재미있는 요소가

많더구나. 우리가 보는 결과 비슷한 것을 발견했어."

"결을 따른다면 무엇이든 베어 버릴 수 있다는 말씀이십니까?"

"그래. 상당히 많이 다르기는 하다만, 근본적으로 힘을 집중하는 것에는 다를 바가 없지."

"무엇인지 알고 싶습니다."

안현도는 이현에게 로열 로드에 대해서 알려 주는 데 주저함이 없었다.

어디든 검을 휘두를 수 있는 장소다. 가상현실 게임이라는 이유로 무시하지도 않았다.

검이란 스스로를 지키고 수양하며, 가족을 돌보는 데 쓰는 것.

이현이 어떤 의미로 로열 로드를 하고 있는지 알고 있었기에 비난할 까닭이 없었다.

"말해 주마. 우리가 검을 휘두를 때마다 몬스터가 받는 피해는 늘 다르다. 이건 너도 알고 있겠지?"

"예. 베는 부위가 다르고, 검에 실린 힘이 다르니까요."

로열 로드에서는 직접 육체를 움직여야 한다.

몸을 움직여서 검을 휘두르기 때문에 여러 가지 요인에 따라서 공격력이 결정되었다.

균형 잡힌 자세와 상황, 검을 휘두르는 힘과 속도, 스킬, 몬스터의 방어력 등이 공격력을 결정하는 큰 요소들이었지만 그 외에 자잘한 부분들도 수없이 많았다.

"그래. 일차적인 이유는 그것이지. 그래서 스탯과 레벨이 중요한 것이고. 그런데 최대한의 공격력을 집중시키는 방법이 있다."

"급소를 공격하는 것입니까?"

"그것도 괜찮은 방법이겠지. 하지만 그 급소마저도 튼튼하기 짝이 없을 때, 아무리 강대한 몬스터라고 해도 굴복시킬 수밖에 없는 공격법. 하지만 알아도 쉽게 쓸 수는 없는 방법이다."

이현은 검치 들의 무지막지한 공격력에 항상 의문을 가졌다. 아무리 무예인이라고 하더라도 보통 비슷한 직업에 비해서 공격력이 너무나도 강하다.

레벨 차이가 50개 정도씩 나는 전투 계열 직업보다도 몬스터를 빨리 잡으니 궁금할 수밖에 없었다.

이현은 물었다.

"어떤 공격법입니까?"

"때렸던 곳을 다시 때리는 것이다."

"그건 저도 알고 있습니다. 한 부위만 계속해서 때리면 약간이나마 더 큰 피해를 입힐 수 있다는 정도는요."

사냥법에 대한 정보는 로열 로드를 시작하기 전부터 입수해 왔다. 안현도가 말하는 것은 그 가운데 기본이 되는 이야기였다.

즉, 그것은 이현도 곧잘 사용하는 전투 방식으로, 특별한 비결이라고 할 수 없는 것이다.

안현도가 웃었다.

"어느 한 점만을 집중해서 때려 본 적이 있느냐?"

"있지만 그렇게 큰 효과는 거두지 못했습니다. 그런데 설마 그 말씀의 뜻은, 때렸던 바로 그곳을 정확하게 다시 때려야 한단 말씀이십니까?"

"이해가 빠르구나. 한 번 공격당한 곳은 재차 공격당했을 때에 훨씬 약해져 있다. 손톱보다 작은, 좁쌀보다도 더 작은 지점에 모든 공격을 집중시켜라. 그러면 부족한 힘으로도 몬스터를 제압할 수 있단다."

안현도가 가르쳐 준 방법은 안다고 해서 아무나 쓸 수 있는 것이 아니었다.

전력을 다해서 무기를 휘두른다. 그런데 그 공격을 좁쌀처럼 작은 점에 다시 적중시켜야 한다.

움직이지 않는 목표를 상대로 할 때도 성공을 자신할 수 없는 일이다.

한데 왕성하게 활동하는 몬스터가 대상이다.

상대의 움직임을 사전에 예측하고 파악해야 한다. 그리고 결정적인 순간, 모든 동작을 일치시키고 찰나의 순간에 폭발시킨다.

웬만한 인간이라면 꿈에도 상상하기 힘든 경지.

안현도는 아무렇지도 않게 말했다.

"수천만 분의 일 초. 검을 겨루는 실전에서 생명이 사라지는 것이 결정되는 시간이다. 그 찰나의 순간을 너의 것으로 만들 수만 있다면 불가능한 일은 아닐 것이다. 기계가 아닌 인간이기 때문에 가능하다."

니플하임 제국의 보물

카아아앙!

위드는 다크 스피어로 본 드래곤의 갈비뼈를 두들겼다.

통렬한 찌르기!

다크 스피어가 갈비뼈에 완벽하게 꽂혔지만 본 드래곤의 몸뚱이는 그대로 건재했다. 생명력이 조금쯤은 줄어들었겠지만 최소한 겉모습에는 큰 변함이 없었다.

위드는 다크 스피어를 다시 찔렀다. 방금 전에 공격했던 곳을 정확하게 다시 노리면서!

'호흡을 일치시킨다. 근육을 이완한다. 다른 모든 것들은 잊어버린다. 보이는 것은 오직 한 지점. 넓다. 한없이 넓은 장소다.'

카아아아앙!
이번에는 더욱 큰 울림이 있었다.

―치명적인 일격이 터졌습니다!
 29%의 피해를 추가합니다.

성공이었다.
위드의 손에서 다크 스피어가 자유자재로 놀았다.
'부숴 버릴 때까지 한다!'
휘두르고, 베고, 찌르고.
할 수 있는 모든 공격을 한 곳에만 집중시켰다.
단 하나의 집중.
퍼서석!
다섯 번의 공격 끝에 본 드래곤의 갈비뼈가 산산조각이 나서 깨져 나갔다.
"크, 아, 아, 악!"
빙룡과 싸우고 있던 본 드래곤이 고통에 찬 비명을 질러 댔다.
"비, 겁, 한, 놈! 죽, 어, 라!"
뒤늦게 본 드래곤이 꼬리를 휘둘렀지만, 위드는 이미 와이번과 함께 빠져나간 후였다.
"내 공격은 이제부터 시작이다."
위드는 와이번을 타고 빠르게 날았다.

빙룡과 본 드래곤이 뒤엉켜 싸우는 곳에서 하늘을 날며 공격을 가했다.

와이번과 하나가 되어서 하늘을 날 때마다 본 드래곤의 뼈마디가 박살이 난다. 지상에서도 하기 어려운 동작을, 공중에서 균형을 잡으면서 짧은 틈을 노려 퍼부었다.

신기에 가까운 컨트롤!

본 드래곤에게는 악몽의 시간이었다.

하지만 위드도 상황이 만만한 것은 아니었다.

-추위로 인하여 체력이 16% 저하됩니다.

죽음의 계곡 상부에서 부는 차가운 바람이 몸을 제약했다. 언데드 상태라서 감기는 걸리지 않았지만, 추위로 인하여 갈수록 힘과 체력이 빠른 속도로 줄어드는 것.

와이번에서 미끄러져서 아찔했던 적도 여러 차례!

얼음으로 된 땅바닥에 떨어지면 목숨을 장담할 수 없다.

'그래도 이제 끝이 얼마 남지 않았다.'

위드는 본 드래곤의 움직임을 읽었다.

놈도 한계에 다다랐다.

원정대로 인하여 많은 피해를 받았을뿐더러, 위드로 인하여 육체를 구성하는 뼈들이 상당수 부러져 있다. 외관상으로만 보아도 본 드래곤의 종말이 얼마 남지 않았다.

다른 와이번들과 금인이도 본 드래곤을 여기저기서 쪼아

대고 있었다.

"이, 런, 날, 파, 리, 같, 은, 놈, 들!"

본 드래곤이 거세게 몸부림을 쳤다. 그럼에도 와이번들이나 위드, 결정적으로 빙룡은 공격을 그치지 않았다.

빙룡이 몸에 매달려 있었기에 도망치는 것도 불가능했다.

위엄을 갖추고 근엄하게 나타났던 본 드래곤이지만, 마법사들에 의해 지상에 처박히고 원정대에 무참히 밟혔다. 그럼에도 대활약을 보여 주었지만, 이제는 죽음 직전에 이른 것.

"가자!"

위드는 와이번을 조종하여 본 드래곤의 머리 위에 착지했다.

"부서져라!"

거칠게 몸부림을 치는 본 드래곤의 뼈로 된 머리. 그 위에서 다크 스피어를 내려찍었다. 오로지 한 지점만을 연거푸 공격하면서!

콱! 콰직! 콰콰콱!

-치명적인 일격이 터졌습니다!
46%의 피해를 추가합니다.

-치명적인 일격이 터졌습니다!
95%의 피해를 추가합니다.

> -치명적인 일격이 터졌습니다!
> 129%의 피해를 추가합니다.

> -치명적인 일격이 터졌습니다!
> 167%의 피해를 추가합니다.

> -치명적인 일격이 터졌습니다!
> 215%의 피해를 추가합니다.

하나의 작은 지점만 연달아 때리면서 기하급수적으로 늘어나는 데미지!

"크, 어, 어, 어."

본 드래곤의 저항이 거의 사라졌다. 생명력이 10% 밑으로 떨어져서 운신을 하기도 힘들게 된 것.

그럼에도 본 드래곤의 최후까지는 한참이나 남았다.

웬만한 몬스터라면 진작 전투 능력을 상실했겠지만 대형 몬스터, 그것도 이름까지 가진 한 지역의 보스 몬스터답게 끈질기게 버텼다.

'이대로라면 내가 먼저 지치겠다.'

차가운 바람을 맞으면서 싸우고 있으니 위드의 체력도 급속도로 줄어들었다. 지나친 장기전으로 몰아가거나 본 드래곤에게 시간을 주면, 어떤 변수가 생길지 모른다.

위드는 허공으로 몸을 띄우며 소리쳤다.

"빙룡아, 브레스를 쏴라!"
"알겠다, 주인!"
빙룡은 크게 숨을 들이마셨다.
모든 것을 얼려 버리는 아이스 브레스!
피할 곳도 없이, 본 드래곤의 벌어진 주둥이를 향해 브레스가 발출되었다.
쩌저저적!
본 드래곤의 몸뚱이가 얼음이 되어 굳어 버리는 것은 순식간의 일!
멀쩡한 상태였다면 마법 저항력 덕분에 어느 정도는 버텼을 테지만 지금은 정상이 아니었기에 본 드래곤의 몸은 아이스 브레스에 그대로 얼어붙었다.
그때였다.
공중으로 뛰어올랐던 위드가 아래로 착지하면서 창을 힘껏 내리찍었다.

-치명적인 일격이 터졌습니다!
 122%의 피해를 추가합니다.

정확하게 예전에 때렸던 그 점을, 다시금 적중시켰다.
"크, 어, 어, 어!"
본 드래곤의 해골에 금이 갔다. 그 금들은 점점 영역을 넓혀 나가더니 얼음들과 같이 산산이 부서져 내렸다.

-레벨이 오르셨습니다.

-레벨이 오르셨습니다.

-레벨이 오르셨습니다.

-레벨이 오르셨습니다.

-레벨이 오르셨습니다.

……

-죽음의 계곡을 장악하고 있던 본 드래곤 쿠렌베르크가 영원한 안식에 들어갔습니다.

-위대한 업적으로 인하여 명성이 230 올랐습니다.

-카리스마가 3 상승하셨습니다.

-투지가 2 상승하셨습니다.

위드의 머릿속으로 수많은 메시지 창들이 떠올랐다. 일부는 레벨 상승을 알리는 것이었다.

정상적으로 본 드래곤을 사냥했더라면 막대한 경험치를 획득했으리라. 현재 위드의 레벨이 300이 넘는다고는 해도,

최소한 10개 이상의 레벨이 오를 수 있었을 것이다.

하지만 원정대가 함께 잡았다. 그 덕에 경험치를 나누어 받게 되어 총 7개의 레벨이 올랐다.

하지만 그보다 더 시급한 것이 있었다.

아이템 습득!

위드는 지상으로 내려와서 본 드래곤이 추락했던 자리로 날듯이 뛰어갔다.

죽음의 계곡 언덕 위에 아이템들이 널려 있었다.

어떤 문장 하나와 책 한 권 그리고 뼈 한 뭉치와 방패!

샤샤샥!

전투를 벌일 때만큼이나 재빠른 손놀림으로 아이템을 얻었다.

―현재 가진 힘으로 들 수 있는 무게를 초과하였습니다.
페널티로 이동속도가 35% 하락하며 체력 소모가 커집니다.

근원의 스켈레톤으로 변해 있음에도 불구하고 아이템을 습득하니 힘이 부족하다고 나왔다.

"이제 니플하임 제국의 진실에 대해서만 찾아보면 되겠군."

위드는 마지막으로 해야 할 일을 하기 위해서 언덕을 내려왔다.

느릿느릿.

거북이가 기어가는 것처럼.

너무나도 무거운 무게 때문에 발걸음이 조심스럽기 짝이 없었다.

힘이 부족해서 다리가 후들거렸던 것.

'이런 고생이라면 언제 해도 좋지.'

얻은 소득이 너무나도 짭짤하였기에!

위드는 언덕을 내려오면서 얻은 아이템들을 확인했다.

"감정!"

니플하임 제국의 문장 : 내구력 5.
황실 기사를 뜻하는 문장.
한때 고귀하고 충성심 높은 니플하임 제국의 황실 기사는 모든 이들의 존경을 받았다.
무기나 방어구에 붙일 수 있음.
옵션 : 기품 +100.
　　　매력 +50.
　　　명성 +200.

《니플하임의 귀족들 #2》
제국 귀족들의 서열과 그들의 영지에 대해서 설명된 책.
다만 너무 오랜 세월이 흘러서, 어디에 쓸 수 있을지는 알 수 없다.

썩은 드래곤 본 : 내구력 250/250.
대량의 드래곤 뼈이다.
과거에는 미스릴보다도 단단하며 자체적으로 마나를 가지고 있었을 것으로 추측되지만, 현재는 상당히 부식되어 있다. 그렇다고 해도 보통의 광석과는 비교할 수 없을 정도로 귀한 재료이다.
대장장이들이 드래곤의 뼈를 다루어 본다면 좋은 경험이 될 것 같다.
1등급 대장장이 아이템.
옵션 : 대장장이 숙련도 상승에 도움을 줌.
　　　무기로 만들면 독 공격을 추가함.
　　　마법 저항력에 특화된 방어구를 제작할 수 있음.
　　　약간의 악취를 풍김.

고대의 방패 : 내구력 300/300. 방어력 86.
드워프의 섬세한 손길이 묻어나 있는 방패.
아직 한 번도 사용된 적이 없다.
미스릴과, 알 수 없는 동물의 뼈로 만들어져 있다.
원래는 거울처럼 표면이 반짝반짝 빛났을 것 같지만, 현재는 세월의 흔적으로 인해 때가 잔뜩 끼었다. 너무 오래 보관된 탓에 부식이 심해 더 이상 수리가 불가능할 것 같다.
제한 : 성직자 사용 금지.
　　　레벨 400. 스킬 방패 활용술 필요.
옵션 : 물리 방어력 40%.
　　　마법 저항력 35%.
　　　민첩 -30. 투지 +45.

전투와 관련된 모든 스탯 7 상승.
전투 스킬의 효과를 20% 증가시킨다.
일정 확률로 적을 혼란에 빠뜨릴 수 있음.
언데드에 대한 지배력 강화 +25.
내구력이 줄어들어도 수리를 할 수 없음.

본 드래곤이 남긴 아이템은 네 종류나 되었다.

어느 것 하나도 버릴 것이 없는 아이템!

특히 고대의 방패는 웬만한 유니크 급 이상의 물품이었다. 엄청난 방어력을 가지고 있어서 전투에는 큰 도움이 되는 물품.

하지만 수리가 되지 않기 때문에 내구력이 다 떨어지면 버려야 했다.

"그래도 내구력이 굉장히 높은 편이니 최소한 몇 달은 쓸 수 있겠군."

일반 사냥을 할 때에는 사용하지 않는다면 더 장시간 쓸 수도 있으리라.

수리가 안 되는 물품은 다루기도 까다롭고, 내구력이 깎일 때마다 이만저만 신경이 쓰이는 것이 아니다. 따로 찾는 사람이 드물어서 아이템 판매 시세도 비교적 저렴한 편!

그래도 고대의 방패 정도 되는 방어력과 옵션이라면, 주인만 잘 만난다면 비싼 값에 팔아먹을 수 있다.

"썩은 드래곤 본이 있으니 대장장이 숙련도도 상당히 올릴 수 있겠고, 필요한 장비들도 많이 만들어서 착용하거나 팔 수 있겠어."

위드는 흐뭇하게 웃으면서 천천히 언덕을 내려와서 본 드래곤이 나왔던 동굴 안으로 들어갔다.

으스스한 동굴 안!

유리처럼 맑은 얼음으로 이루어진 동굴이었다.

"이곳이 추위의 원천이로군."

그동안 북부에서 꽤나 오랜 시간을 보내었지만 이곳처럼 추운 곳은 접해 보지를 못했다.

"여기서 시간을 오래 끌면 얼어 죽겠다."

위드는 잰걸음으로 동굴의 안으로 향했다. 내부로 들어갈수록 더욱 온도가 낮아졌다.

벽에는 그림들이 그려져 있었다.

니플하임 제국의 기사들이 몬스터와 싸우는 모습, 기사와 마법사 들을 뚫고 몬스터 무리가 공격하는 장면들이 생생하기 이를 데 없었다.

마지막 그림은 푸른 로브를 입은 마법사가 어떤 구슬이 담긴 상자를 여는 장면이었다. 그러자 몬스터들이 얼어붙고,

인간들도 모두 얼어붙었다.

"니플하임 제국 최후의 전투에 대한 이야기인가?"

위드는 그림들을 보면서 나름대로 추측했다.

그리 길지 않은 동굴의 끝 부분에는 상자들이 나란히 놓여 있었다.

묵직한 철로 된 상자!

고귀한 문양이 그려져 있고 니플하임 제국의 보물이라고 적혀 있다.

'대박이다.'

위드는 손을 뻗었다.

-상자가 잠겨 있습니다. 열쇠가 필요합니다.

위드의 해골 뼈에 심한 떨림이 일었다.

'설마… 그럴 리가 없어. 아닐 거야.'

위드는 다시금 상자를 강제로 열어젖히려고 했다. 그러나 뜻대로 되지 않았다.

-상자가 잠겨 있습니다. 열쇠가 필요합니다.

모험가나 도둑들이 가진 잠금 해제 스킬!

닫힌 문이나 상자를 열기 위해서는 필수적인 스킬이었다.

하지만 위드에게는 그런 스킬들이 없었다.

이 저주받을 달빛 조각사라는 직업에는 그러한 모험 계열 스킬들이 없었던 것!

'역시 이놈의 직업은 아무짝에도 쓸모가 없잖아!'

위드는 안타까움에 몸부림을 쳤다. 하지만 상자의 근처에 작은 종이가 있었다.

위드는 그 종이를 읽었다.

이벤 니플하임 6세가 마지막으로 남긴다.

우리 니플하임 제국은 대규모 몬스터 무리의 침공을 당했다. 북쪽 숲, 어둠의 숲에서 내려온 몬스터들이 틀림없으리라.

수도가 불타고 황성이 무너졌다.

충성스러운 기사들과 목숨을 아끼지 않는 병사들이 있지만, 이 많은 몬스터들을 감당하기에는 역부족이다.

그리하여 최후의 수단으로 우리는 몬스터들을 이끌고 센데임 계곡으로 향한다.

마녀 세르비안의 깨진 구슬.

제국의 황실에 대대로 내려온 이 저주받은 물건을 사용하여 몬스터들과 싸울 것이다.

그리고 종이에 곱게 싸여 있는 황금빛 열쇠!

위드는 열쇠를 가지고 상자를 열었다.

첫 번째 상자에는 금은보화들이 가득 담겨 있었다. 반짝이는 황금들, 보석들에 눈이 부셨다.

'최소한 15만 골드는 되겠구나.'

아무리 힘이 없다고 해도 어찌 보물들을 그냥 지나칠 수 있겠는가.

위드는 상자 안에 든 보물들을 남김없이 챙겼다.

-현재 가진 힘으로 들 수 있는 무게를 초과하였습니다.
페널티로 이동속도가 59% 하락하며 체력 소모가 커집니다.

두 번째 상자에는 각종 재료들이 모여 있었다.

대장장이들이 다루는 광석들과 재봉을 할 때 쓰는 가죽과 천 들. 인챈터들이 다루는 마법 광석들도 상당수 있었다.

'남김없이 챙겨야지.'

-현재 가진 힘으로 들 수 있는 무게를 초과하였습니다.
페널티로 이동속도가 78% 하락하며 체력 소모가 커집니다.

세 번째 상자에는 갑옷과 무기류들이 다수 들어 있었다.

니플하임 제국의 무기류들.

고풍스러운 무기들은 오랜 흙먼지를 뒤집어썼다. 검신에는 녹이 슬어 있어 제 성능을 발휘하기는 힘들어 보였다.

옷가지들 역시 너무 오래되어서 건드리기만 하면 부서질 듯이 보였다.

"헌 옷이라도 아껴서 잘 쓰면 되는 법!"

위드는 이것들도 골고루 챙겼다.

마지막 남은 하나의 상자에는 마녀 세르비안의 깨진 구슬이 담겨 있었다.

원정대의 목표!

마녀 세르비안의 깨진 구슬에서는 상상을 초월하는 한기가 흘러나온다.

이 구슬은 포기해야 한다는 사실을 위드는 잘 알고 있었다. 팔 수 있다면 제법 큰돈을 받을 수 있을 테지만, 그보다는 목숨이 더욱 소중했다.

"저걸 건드리는 순간 나는 죽는다."

마녀 세르비안의 깨진 구슬은, 빙계 마법을 익히지 않은 자가 갖는다면 몸이 얼음으로 변해 버리는 부작용이 있다. 그런 최악의 사태를 방지하기 위해서라도 무리한 욕심은 버려야 했다.

"그래도 아쉽군."

위드는 한동안 마녀 세르비안의 구슬을 노려보았다.

특별한 전투 기능은 없어 잡템으로나 분류될 물건이었지만, 원정대를 비롯하여 모두가 노리고 있는 물품이었다.

어쩔 수 없는 아쉬움과 미련!

"최소한 유니크 아이템일 텐데… 혹시 소문과는 달리 무슨 능력이라도 있을지 모를 일이지."

하지만 목숨을 걸고 집는다고 하더라도 어찌 옮길 방법이 없었다.

매번 죽으면서 한 발자국씩 움직일 수도 없는 노릇.

"그래도 일단 주워 볼까?"

위드는 욕심을 부렸다.

먹고 죽은 귀신이 때깔도 좋다고 하지 않던가.

조금씩 구슬로 손을 가까이 가져갔다. 매우 느릿느릿한 속도로.

화아아악!

그때 마녀 세르비안의 깨진 구슬에서 한기가 뿜어져 나왔다.

-추위로 인하여 13초간 몸이 마비됩니다.
마비가 풀린 이후에도 감기에 걸릴 확률이 25% 증가합니다.

극도의 추위!

"에취!"

위드는 그제야 구슬을 포기할 수 있었다.

사실 갖는다고 해도 대륙의 더위를 물리치기 위하여 신의 제단에 바칠 수밖에 없는 물건이었다. 어차피 누가 바치더라도 원정대에 잠시나마 소속되어 있던 위드에게는 그만한 공헌도가 돌아오게 되리라.

위드는 마비가 풀릴 때까지 기다린 후, 더는 버티지 못하고 동굴을 빠져나왔다. 상당히 많은 짐을 지고 있는 그의 발걸음은 묵직하기 짝이 없었다.

명예의 전당!

기하급수적으로 늘어난 시청자들의 숫자는 백만을 넘어섰다. 각 방송사들의 실시간 중계까지 감안한다면 최소한 2천만은 넘으리라.

"후겔겔겔!"

"내 머리가 어디 있지?"

"인간. 살아 있는 인간을 먹고 싶어."

믿기 힘든 언데드들의 전투!

- 저게 바로 네크로맨서의 마법인가요?
- 언데드는 소름 끼치기만 했는데 전투에 참 많이 활용되겠어요.
- 시체들을 계속 일으켜서 부하로 만들 수 있다니…….

동영상을 통해 네크로맨서의 인기가 폭발적으로 증가하고 있었다.

위드가 이끄는 언데드 군단이 몬스터들을 제압할 때마다 게시판에서는 환호가 터져 나왔다.

하지만 몬스터들이 다 제압당했을 때에는, 원정대에서 전투를 지속할 수 있는 사람들이 남아 있지를 않았다.

- 아무래도 어려울 것 같군요.
- 위드라고 해도 너무 무리예요. 본 드래곤은 정말 강하네요.
- 젠장. 그놈들이 배신만 안 했어도…….

―그래도 참 멋진 전투였습니다.

그나마 위드가 있었기에 조금이나마 기대를 해 봤지만, 너무 무리한 일이었다. 언데드 군단에 검치 들의 대활약, 오랜만에 좋은 구경을 한 것으로 만족했다.

하지만 그들이 예상한 대로는 흘러가지 않았다. 어디선가 날아온 얼음으로 된 드래곤!

그 드래곤이 본 드래곤과 뒤엉켜서 싸우는 장면은 평생 잊지 못할 장관이었다.

"제발. 제발!"

명예의 전당에 있는 동영상에는 드럼과 마법사들이 간절히 기도하는 것이 보였다. 원정을 성공시키기 위하여 어떻게든 저 본 드래곤을 잡아야 하는 것.

그리고 곧 경악을 금치 못할 일이 벌어지고 말았다.

위드가 다크 스피어를 쥐고 와이번을 탄 채 하늘을 날았다.

조종하기 까다로운 와이번을 타고 하늘을 나는 것은 대단히 어려운 일이었다. 그런데 이것은 일부에 지나지 않았다.

아무리 공격을 해도 끄떡도 없던 본 드래곤의 뼈들이 박살난다.

게시판에서는 대번에 지금까지의 어떤 소동보다도 더 큰 난리가 났다.

―오베론이나 다른 전사들이 그렇게 때려도 멀쩡하던 본 드래곤이 맥을 못 추고 있잖아. 도대체 레벨이 얼마인 거야?

-최소한 400은 넘을 거라고 봐.

-어떻게 저럴 수 있지? 마법을 사용하면서 물리 공격력까지 저렇게 강하다니, 믿을 수 없어!

-지금까지의 전투로 본 드래곤도 많이 약해졌다지만 그래도 피해가 거의 없던 몸이 부서지고 있다니…….

스탯과 레벨, 스킬의 숙련도.

보통 어느 정도의 기준점은 있기 마련이다.

그런데 위드가 보여 주는 믿기지 않는 광경은, 동영상과 방송을 보는 시청자들의 입이 다물어지지 않게 만들 정도였다.

하지만 곧 이유를 밝혀낸 사람들이 나타났다. 위드가 반복적으로 특정 부위만을 연속으로 때리는 것을 본 이후였다.

-같은 지점 공격! 그것으로 공격력을 증가시키고 있는 겁니다.

-상대방의 방어력을 철저하게 무력화시키고, 피해는 늘리기 위한 공격법이죠. 이론상으로는 충분히 가능하지만 설마 저런 방법을 실전에서 쓸 줄이야!

-한 곳만 때리면 정말 공격력이 강해지나요?

-저도 한 곳만 때려 봤는데 저렇지는 않던데요?

의문을 해결해 주는 사람들도 나타났다.

-제 경험입니다. 어쩌다가 동일한 곳을 공격한 적이 있었는데 추가적인 피해를 입혔죠. 신기해서 다시 시도를 해 봤지만, 그 이후로는 잘 안 되었습니다.

-저걸 하려면 때렸던 지점을 완벽하게 다시 가격해야 합니다.

조금의 오차라도 있다면 실패할 가능성이 더 높습니다.

―몸집이 작은 몬스터들은 해당되지 않는 경우가 많습니다. 동작이 크고 둔한 대형 몬스터일수록 특정 부위, 동일한 공격으로 약화시키기 쉬운 편입니다.

사람들은 위드의 행동을 유심히 살펴보았다. 정말로, 조금도 틀리지 않고 한 지점만을 반복해서 때리고 있었다.

와이번을 탄 채로 빠르게 하늘을 날며 무기를 휘둘러서 정확하게 같은 위치를 가격한다! 결코 쉬운 일이 아니었다.

전력을 다해서 휘두르는 무기를 어찌 한 점에만 정확하게 때릴 수 있단 말인가. 그것도 베고, 휘두르고, 찌르는 연속 동작마저도 완벽하게!

전광석화 같은 공격!

놀라운 정밀도!

발군의 유연성과 움직임까지, 가히 신기에 가까운 기술이었다.

―과연…….

―역시 위드 님이다!

본 드래곤의 뼈가 부서질 때마다 감탄밖에 나오지 않았다.

그리고 사투 끝에 마침내 본 드래곤이 죽었을 때에는 뜨거운 전율이 흘렀다.

그렇게 거대하고, 위험했던 몬스터가 거짓말처럼 죽었다.

원정대와 빙룡, 와이번, 뱀파이어 토리도 등이 달려들었지만 어쨌든 마무리는 위드가 했다.

  살아남은 원정대원들은 믿을 수 없는 현실에 멍하니 서 있었다. 그사이에 위드는 천천히 움직였다. 죽음의 계곡 안쪽에 있는 동굴에 들어갔다가 한참 후에 나와서, 멀리 눈 덮인 대지를 천천히 걸어갔다.

  고독하고 쓸쓸한 모험가의 어깨!

  묵직한 발걸음을 남기면서 멀리 떠나갔다.

  살아 있던 원정대원들은 그제야 잠에서 깨어난 듯이 움직였다. 위드가 들어갔던 동굴로 가 본 그들은 활짝 열린 상자와, 마녀 세르비안의 깨진 구슬을 발견할 수 있었다.

베르사 대륙에서 누구나 최고로 손꼽는 모험가 파티.

대지의 그림자.

  그들은 로열 로드가 탄생되었을 때부터 모험을 즐겼다.

  무수히 많은 도시와 마을들을 발견하고 몬스터들을 조사했으며, 사라졌던 무기나 고대 마법들을 찾아내 왔다.

  그러면서 죽었던 것도 수십 차례.

  최초로 로자임 왕국을 발견한 것도, 절망의 평원에 진입했던 것도 그들이다. 대륙의 몇몇 금지들을 지정한 것도 그들의 업적이라고 할 수 있었다.

상석에 앉아 있던 도굴꾼 엘릭스가 말했다.

"제법 이름을 날리는 모험가들은 많지. 하지만 이 정도로 유명세를 타고 있는 모험가란 몇 안 돼. 드디어 우리의 아성에 도전하는 자가 나타난 것 같군."

여도둑 은링도 고개를 끄덕였다.

"요즘 위드라는 이름을 자주 듣게 되네요. 한동안 듣지 않았던 이름인데."

"마법의 대륙. 그곳에서 들었던 걸로 충분한데."

잠입술이 뛰어난 침입자 벤이 푸념했다.

그들은 어떤 중요한 퀘스트를 수행하고 있었다. 거의 1년간을 외딴곳의 던전에 틀어박혀 살다 보니 베르사 대륙이 요즘 돌아가는 물정에 대해서는 잘 몰랐다.

엘릭스가 아쉬운 듯이 중얼거렸다.

"너무 많은 시간을 쓰고 있어. 퀘스트를 하면서 본 손해도 막대하고 말이야. 많은 퀘스트를 해 봤지만, 이렇게 우리를 애먹인 경우는 처음이로군."

"그렇다고 해서 포기해서는 안 되죠. 여기까지 어떻게 찾아온 퀘스트인데요."

"은링의 말이 맞습니다. 시간이 많이 든다고 해서 끝내기에는 너무 아까운 퀘스트예요."

은링과 벤은 미련을 떨쳐 버릴 수 없었다.

현재 그들이 수행하고 있는 퀘스트는 무려 7단계나 되는 연계 퀘스트. 지금까지 얻은 보상도 상당하였지만, 이 퀘스트의 끝이 궁금해서라도 물러설 수 없다.

엘릭스도 결코 포기하고 싶은 마음은 없었다.

모험가란 보통의 자질만 가지고는 택할 수 없는 직업이다.

어떤 마을 주민들과도 친해질 수 있는 넉살! 몇 마디 말을 듣기 위해, 퀘스트를 얻기 위해 때론 간도 쓸개도 빼 줄 수 있어야 한다.

그뿐이 아니었다.

퀘스트가 진행되면서부터는 아주 작은 실마리들을 차근차근 모아야 했다. 1달 이상을 던전의 미로에서 헤매기도 하고, 몇 날 며칠이 걸리는 거리를 달려가기도 한다.

모험가란 열정과 끈기가 없으면 불가능한 직업이었던 것이다.

퀘스트를 완료하였을 때의 마지막 성취감이 없다면 절대로 모험가를 택하지 않았으리라.

엘릭스의 눈이 날카롭게 빛났다.

"지금 하는 퀘스트를 잠시 미루어 두고 중앙 대륙에 다녀오는 건 어떨까?"

은링과 벤은 귀를 기울였다.

"중앙 대륙에요?"

"그곳에는 왜요?"

"바스너의 유적지의 실마리가 풀리지 않고 있어. 이럴 때

에는 잠시 외도를 해 보는 것도 괜찮지 않겠나?"

"대도시에 가서 놀고먹자는 말이에요?"

은링의 눈썹이 보기 좋게 올라갔다. 벤도 썩 내키는 얼굴은 아니었다.

물론 간절하게 휴식이 필요하기는 했다. 기나긴 퀘스트로 인하여 사람들의 얼굴이 그립다. 오랜만에 흥청망청 술과 음식을 먹어 보고도 싶었다.

하지만 좀 더 연구하면 무언가 실마리를 잡을 수 있을 것 같은 지금, 대도시에 간다고 해서 편히 쉴 수는 없을 것이 분명하다.

엘릭스는 서둘러 고개를 저었다.

"그런 뜻이 아니라, 다른 퀘스트도 해 보자는 말이야. 우린 그동안 하나에만 집착하느라 어쩌면 시선이 좁아졌을지도 몰라."

"다른 퀘스트들을 수행하면서 조금 여유를 갖자는 말씀이로군요."

벤이 수긍했다.

"어려운 길일수록 돌아가라는 말이 있잖아. 그리고 우리의 잃어버린 명성도 되찾도록 하지."

요즘 들어 사람들의 입에 오르내리지 않아 속이 타던 은링에게는 솔깃한 말이었다.

"명성이라면요?"

"위드! 그에게 도전장을 내미는 거야! 모험가로서 진정한 퀘스트를 겨루어 보자는 도전. 아직 해결되지 않은 퀘스트를 하나 정해서, 누가 더 빨리 목표를 달성할 수 있느냐를 놓고 겨루면 되겠지."

"그가 받아들일까요?"

"사내라면 결코 피하지 않을 것이야."

생일 파티

이현은 인터넷에 접속했다. 로열 로드의 홈페이지를 비롯하여 여러 반응들을 살피기 위해서였다.

"역시 난리가 났군."

명예의 전당을 비롯해서 평소보다 부쩍 게시 글들이 늘어 있다.

그중 절반은 위드에 대한 이야기였다.

-위드! 위드가 다시 나타났다!

-저는 마법의 대륙 유저입니다. 로열 로드에서 다시 한 번 위드의 전설이 쓰이는 것일까요? 기대가 되는군요.

-전쟁의 신. 위드!

-아마도 그 정도까진 아닐 거예요. 몬스터 1~2마리 잡았다고

해서 대륙에 미치는 영향력은, 주로 거론되는 상위 랭커들과는 비교하기 힘드니까요.

-그래도 위드 님이기에 저는 믿습니다.

-위드 님의 퀘스트를 이렇게 볼 수 있다니, 꿈만 같더군요.

-위드 님이 아니었다면 누가 나섰다고 해도 본 드래곤을 잡기는 어려웠을걸요?

-방송사들 재방송은 언제 하나요?

추앙의 글들이 상당히 많았다.

-오랜만에 위드 님의 전투를 보았습니다. 그런 공격법은 어떻게 하면 배울 수 있나요?

-제 생각에는 무예의 달인이거나 무술 도장에 다녀야 배울 수 있을 것 같습니다.

-전투에 집중을 해야만 가능한 방법일 것 같아요.

-저도 코끼리를 상대로 해서 성공했습니다!

-이론상 같은 지점을 10회 이상 때린다면 그때부터는 공격력을 2배, 3배까지도 늘릴 수 있는 것 같습니다.

-무기의 종류에 따라 추가적으로 입히는 데미지에 차이가 있을 것으로 보입니다.

-그래도 일반적인 사냥에는 필요하지 않은 방식이 아닐까요?

-너무 까다롭고 힘든 방법이에요. 무리한 공격을 하다가 사냥 시간만 길어지게 될 것 같네요.

이현이 보였던 공격법에 대한 논쟁도 활발하게 벌어졌다.

긴박한 전투 중에 한 점만을 노려서 공격하기란 쉬운 일이 아니다. 욕심을 내다가는 오히려 손해를 보기 쉬운 상황!

-위드 님이 네크로맨서로 전직했으니, 저도 전직합니다.

-네크로맨서의 마법에는 어떤 것들이 있나요?

네크로맨서도 덩달아 인기를 끌고 있었다.

이현에게는 나쁘지 않은 일이다.

"네크로맨서로 전직하는 사람들이 많아진다면 바르칸의 마법서와 성자의 지팡이를 비싸게 팔아먹을 수 있겠지."

마법사 계열의 직업들이 쓰는 무기나 도구들은 값이 굉장히 비싼 편이다. 몬스터를 사냥하고 나서 흔하게 얻을 수 있는 전사들의 무기류들과는 그 희소성에서 차원이 다를 정도였다.

대장장이라고 해도 마법사들의 무기를 만들기란 쉽지 않다. 최소한 중급 대장장이 스킬을 터득한 상태에서, 축복받은 싸리나무와 같은 특수한 재료를 이용해야 가능했다.

그러므로 수요에 비하여 공급이 현저히 달렸다.

즉, 워낙 고가의 물건들이라 거래가 활발하지 않고, 자신이 익힌 계열에 맞는 물품들을 구입하려고 하기에 거래가 용이하지 않다는 문제가 있다.

"한 5개월쯤 뒤에 팔면 괜찮은 값을 받을 수 있겠군."

이현은 우선 직접 사용하면서 기다리기로 했다.

고대의 방패도 아직은 팔 시기가 아니다. 시간이 지날수록 내구력이 하락하기에 빨리 파는 것이 좋지만, 쓸 만한 사람이 없다. 고대의 방패에 붙는 제한 때문이었다.

경매에 올려놓는다고 해도 레벨 400 이상인 유저들은 극소수에 불과하니 경쟁이 붙을 리 없다.

"돈은 드래곤 본으로 만든 물품들을 팔아 벌면 되는 것이니까."

그럼에도 이현은 아쉬움을 감추지 못했다.

"고대의 방패에 하필 수리가 안 되는 옵션이 붙어서……."

수리만 가능하다면 지금 팔아도 미리 사 두려고 하는 사람이 많으리라.

그나마 니플하임 제국의 오래된 보물들을 습득한 것으로 아쉬움을 달랠 수 있었다.

"대도시나 수도의 골동품 상점, 아니면 잘 수리해서 판매하면 그럭저럭 팔리겠지."

이현은 명예의 전당에 있는 나머지 게시 글들을 대충 훑어보았다.

그런데 대지의 그림자라는 명망 높은 모험가 파티의 도전장이 보였다.

─트리커라는 마을을 알고 있겠지? 그곳에 아직 누구도 해결하지 못한 퀘스트가 있다. 어느 쪽이 먼저 퀘스트를 해결할 수 있는지 겨루자!

대지의 그림자. 그들의 공개적인 선언!

그 외에도 도전을 하는 이들이 대단히 많았다.

소위 이름이 알려진 상위 랭커들이나 전사들이 도전장을 보내왔다. 메일 함에 쌓여 있는 도전장들만 해도 무려 300장이 넘을 지경이다.

"에휴, 이놈들은 밥 먹고 할 일도 없나?"

대부분의 도전장들은 일고의 가치도 두지 않고 무시해 버렸다. 하지만 몇몇 편지들은 상당히 쓸모가 있었다.

퀘스트를 구체적으로 설명하면서 해결 방법을 물어보거나, 아니면 모처에서 나오는 몬스터들에 대한 사냥 방법을 질문하는 것들이었다.

이제 퀘스트를 통해서도 돈을 벌 수 있는 이현은 그런 정보들을 소중히 여겼다. 물론 퀘스트에 대한 해결 방법은 따로 보내 주지 않았지만!

"노가다를 좀 더 하면 될 텐데……."

노가다야말로 모든 퀘스트의 기본이라고 생각했으므로.

몬스터에 대한 정보도 상당히 쓸모가 많았다. 인터넷을 통해 검색이 가능한 질문이라면 잘 하지 않는다. 사람들이 아직 많지 않은 곳들의 사냥터에 대한 싱싱한 정보들이었다.

아는 것이 힘!

그런 정보들은 따로 모아 두었다.

"언제고 쓸 날이 있겠지."

이현이 대충 메일들을 읽고 있을 때였다.

띠링!

-새로운 메일이 가족으로부터 도착했습니다.

주소록에 별도로 지정되어 있던 할머니와 혜연이. 그들 중의 누군가가 메일을 보내왔다.

"누굴까?"

이현은 메일을 찾아보았다. 할머니가 보낸 메일이었다. 병원에서 치료를 받으면서 인터넷을 사용하는 방법도 배운 것이었다.

"무슨 일이지?"

이현은 메일을 클릭해 보았다.

 이현아.

 허리도 괜찮아졌고 이제 아프지 않단다.

 이곳 병원은 아주 편안해.

 그런데 너도 203호 병실에 있는 윤 할망구를 본 적이 있지? 그 할망구가 이번에 손자한테서 안마용 기구를 선물 받았더구나. 어깨 안마 기능도 있고, 저절로 뜨거워졌다가 차가워지기도 하더구나.

 나도 한 번 받아 본 적이 있는데, 어찌나 좋던지.

 신경 쓰지 마라. 나는 괜찮다.

정일훈은 평소의 그답지 않게 차갑게 물었다.

"오늘이 그날이다. 계획대로 확실히 준비가 되어 있겠지?"

최종범은 무겁게 고개를 끄덕였다.

"사형, 우리의 준비는 완벽합니다. 두 번, 세 번 검토를 했던 사항입니다."

"만의 하나라도……."

"절대 계획에 차질은 없습니다."

정일훈의 눈가에 희미한 살기가 돌았다. 최종범의 말만 믿고 있다가 뒷감당이 안 되어서 고생했던 적이 몇 차례던가.

"확실하겠지?"

"필요하다면 제 목을 걸겠습니다."

최종범이 자신 있다는 듯이 가슴을 탕탕 쳤다. 옆에 있던 마상범과 이인도도 환하게 웃었다.

"사형, 우리가 다 같이 짰던 계획 아닙니까?"

"맞습니다. 완벽한 계획이니, 절대로 성공할 수밖에 없습니다."

그럼에도 정일훈의 찌푸려진 안색은 펴지질 않았다.

"너희도 알겠지만, 이번 일의 중요성은 아무리 강조해도 지나치지 않다."

"암요."

마상범이 고개를 끄덕였다.

오늘은 바로 이현의 생일이다.

태어나서 한 번도 생일 파티를 해 본 적이 없는 그를 위하여 사형들이 나서서 최고의 생일 파티를 해 준다!

'얼마나 감동적이란 말인가?'

이인도는 몸을 떨었다. 뜻 깊은 우애를 나누는 장이 되리라 믿어 의심치 않았다.

그러면서 또한 그들이 얻는 소득도 있었다.

바로 여대생들과의 미팅!

꿈에서나 오매불망 바라던 일이었다.

때마침 안현도는 지방으로 출장을 나가 있어서 기회도 좋았다.

정일훈이 다시금 말했다.

"모두 최선을 다해라. 그리고 성공해야 한다. 종범아, 우리의 남아 있는 수명이 몇 년이나 될 것 같으냐?"

"50년은 되지 않겠습니까?"

"그래. 단 한 번뿐인 인생인데 그 시간 동안 혼자서 밥해 먹고, 피곤하면 혼자 자고… 그렇게 50년을 살 것인지 아니면 화목한 가정을 이룰 것인지는, 어쩌면 오늘의 일에 달려 있을지도 모른다."

"명심하겠습니다!"

최종범, 마상범, 이인도의 표정에는 비장함까지 흘렀다.

정일훈도 조금은 마음을 놓을 수 있었다.

'계획은 믿을 수 있다. 애들도 도와준다고 하였으니 괜찮겠지!'

염치불구하고 도움도 청했다.

로열 로드에서 페일이라는 닉네임을 쓰는 오동만을 비롯한 이들에게 원군 요청을 한 것이다. 이현의 생일이라는 것을 알게 된 그들은 적극적으로 나서 주기로 약속했다.

'특히 그 아가씨가 열심이었지.'

화령으로 불리는 정효린은 아예 도시락까지 싸 오겠다고 약속했다.

이리엔 김인영, 로뮤나 박희연, 수르카 박수연은 집안 사정 때문에 저녁에나 올 수 있다고 했지만, 모두가 자기 일처럼 도와주었다.

'아주 즐거운 생일이 되겠군.'

정일훈은 흡족하게 웃었다.

이현은 오늘도 오전 수련을 위하여 일찍 도장을 방문했다. 그런데 영문도 모르는 채로 사형들의 손에 붙잡혀서 어딘가로 끌려 나왔다.

"가자!"

도장의 사범들! 추가로 수련생들도 70명이나 합세해서 대대적으로 움직였다.

  딱딱하게 굳은 얼굴로, 비장함이 흐르는 눈빛으로!

  "사형, 대체 어디로 갑니까?"

  이현이 낮은 음성으로 물었다.

  이인도가 착 가라앉은 음성으로 답했다.

  "놀이 공원에 간다."

  "무슨 일로 가는데요? 혹시 싸움이라도 하러 갑니까?"

  "아니다. 놀이 기구도 타고… 놀러 가는 거다. 아무리 우리라고 해도 하루는 쉬어야 되지 않겠니? 관장님께서도 허락하신 일이야."

  "예."

  하지만 이현은 고개를 저었다.

  도저히 놀이 공원에 가는 사람들의 표정이 아니었다. 이현의 눈치만 살살 살피면서 무거운 분위기가 흘렀던 것이다.

  '실패해서는 안 돼.'

  '즐거운 생일이다, 생일.'

  너무나도 막중한 책임감으로 얼굴이 펴지지를 않았다. 나름대로 신경을 써서 빼입은 검은색 정장이 왠지 불편하고 어색하게 느껴졌다.

  그렇게 단체로 지하철을 탔다. 도장에 소속된 차량이 없는 것은 아니지만, 일부러 지하철을 이용하기로 했다.

'놀이 공원은 역시 대중교통을 이용해 줘야 하는 것이지.'

사실 수련생들이나 사범들도 놀이 공원에 가 본 것은 어릴 때 이후로 없었다.

급하게 인터넷을 찾아보니 교통이 막힐 것을 대비하여 가능한 대중교통을 이용해 달라는 글귀가 보였다.

그 말을 철석같이 믿고 단체로 지하철에 탑승하게 된 것이다.

"야, 오늘 우리 한수네 집에 가서 게임이나 할까?"

"그러니까 어제 클럽에서 춤을 추고 있었는데 어떤 남자가… 꺅!"

시끌벅적하던 지하철 내에 깊은 침묵이 흘렀다.

어깨가 건장한 검은색 정장을 입은 사내들이 객차를 가득 메운 것.

"……."

방금 전까지 떠들던 학생들도, 어른들도 모두 입을 다물었다.

승객이 많은 지하철 안에서는 언제나 자리를 둘러싸고 치열한 전쟁이 벌어지기 마련이다.

좀 더 편안하게 앉아 가기 위한 투쟁!

하지만 몇 명이 슬그머니 자리에서 일어났다. 그러자 모두들 자리를 비워 주기 위해서 일어나는 것이었다.

"크흠. 역시 서서 가는 것이 편하지."

"암요. 운동 삼아서……."

40대, 50대 아저씨들도 자리에서 일어났다.

심지어는 할아버지들마저도 노약자석에서 초조해할 정도였다.

"어? 왜 일어서지?"

"그러게."

마상범이나 이인도는 신기해하면서도 자리에 앉지는 않았다.

편안함에 익숙해지면, 몸은 점점 나약해진다. 어디서나 육체를 단련해야 한다.

그러므로 대중교통을 이용하면서는 서서 다니는 것이 익숙했다.

사범들이나 수련생들이 서서 가고, 일반인들도 서서 갔다.

'조직 폭력배들인가? 눈빛이…….'

'근육 때문에 양복이 찢어지겠구나.'

'흉악범들일 거야.'

'경찰. 경찰에 연락을 하는 편이 좋을 것 같은데…….'

그다음 역에 도착하여 지하철 문이 열렸다.

"어라, 자리들이 비어 있네?"

"이 시간에 흔한 일이 아닌데. 와, 이게 웬 행운이야."

새로 타는 승객들은 빈자리를 보곤 반색을 하며 빨리 앉으려고 했지만, 곧 수련생들과 눈이 마주쳤다.

"……."

승객들은 조용히 서서 갔다.

사범들과 수련생들의 굳은 얼굴을 보면서 감히 자리에 앉을 수는 없었던 것.

'도대체 얼마나 기분이 나쁘면 자리에 앉지도 않지?'

'차라리 앉아서들 가지. 그러면 우리도 좀 편할 텐데.'

승객들은 더욱 초조해할 수밖에 없었다. 하지만 수련생들에게는 그런 것까지 신경 써 줄 여유가 없었다.

어떻게든 이현을 즐겁게 해 줘야 된다!

사람들이 서 있는 것에 대해 약간의 의문이 들기도 했지만, 무심히 지나쳐 버렸다.

'요즘 지하철에서는 서서 가는 게 유행인가 본데?'

'하기야, 건강에는 좋으니까.'

아무도 앉지 않는 지하철은 목적지에 도착할 때까지 계속 달렸다.

"이현 님, 여기예요!"

"이쪽입니다!"

놀이 공원의 정문 앞.

이혜연과 함께 오동만과 신혜민, 정효린과 최지훈이 기다리고 있었다.

"혜연아, 여기서 지금 뭐 하는 거야?"

이현이 이상하다는 듯이 물었다. 유별나게 빠른 눈치가 뭔가 이상함을 알려 주고 있었다.

사범들이나 수련생들의 행동, 거기에 오동만과 정효린, 최지훈 들까지 만나리라고는 미처 생각지 못했다.

이혜연은 활짝 웃으며 말했다.

"오늘이 오빠 생일이잖아!"

"생일?"

이현은 날짜를 계산해 보았다. 그랬더니 생일이 맞았다. 언제부터인지는 몰라도 생일을 제대로 챙겼던 적이 없으니 잊어버리고 있었다.

"생일인데 여긴 왜?"

"오빠, 놀이 공원에 한 번도 안 와 봤잖아. 그래서 이렇게 온 거야."

"놀이 공원이라니. 상류층의 전유물인 이곳을 어떻게……."

이현이 구시렁거리는 소리에 오동만과 신혜민은 고개를 갸웃했다.

'언제부터 놀이 공원이 상류층의 전유물이 된 거지?'

하지만 사범들이나 수련생들은 이를 그대로 받아들였다.

"사실 놀이 공원은 웬만큼 돈을 벌어서는 올 수 없는 곳이지. 큰 결심을 하지 않으면 못 오는 장소야."

"고독한 무술가에게 놀이 공원이라니……."

"놀이 기구 하나 타는 데 5,000원도 넘을걸?"

사범들도 상당한 짠돌이였다.

숙식을 도장에서 하니 개인적으로 돈 쓸 일이 없다. 그러므로 1~2만 원 이상의 지출에 대해서는 굉장히 민감할 수밖에 없었던 것.

놀이 기구를 탈 때마다 아까운 돈이 깨진다는 생각을 하니 이현의 가슴이 덜컥 내려앉았다.

"크흠! 나는 그냥 집에서 쉬는 편이……."

이혜연이 이현의 팔을 붙잡고 이끌었다.

"벌써 자유 이용권 끊어 놨어. 아무튼 이렇게 왔으니 놀이 기구나 타러 가자."

이혜연은 이현을 잘 알고 있었다. 조금만 시간을 주면 돈과 시간이 아까워서라도 핑계를 대고 돌아갈 사람이었다.

그래서 다른 생각을 할 틈을 주지 않고 이현을 이끌었다.

오동만이 주변을 둘러보며 물었다.

"그럼 첫 번째로 어떤 놀이 기구부터 탈까요?"

정효린이 설렌다는 듯이 말했다.

"바이킹? 아니면 롤러코스터?"

롤러코스터는 공중에서 빠른 속도로 레일을 따라 이동하는 기구. 가장 대중적인 놀이 기구였다.

매일 방송을 하느라 정신적으로 피곤하던 신혜민도 은근히 스릴을 맛보고 싶어 했다.

"처음엔 역시 롤러코스터를 타야겠죠?"

결국 가장 먼저 타기로 한 건 롤러코스터!
놀이 공원의 방문객들이 상당히 많았지만, 이른 시간이라서 금세 그들의 차례가 돌아왔다.
이현과 정효린이 제일 앞에 타고, 뒤에는 오동만과 신혜민, 최지훈과 이혜연이 짝을 이루어서 탔다.
남녀의 성비를 맞추기 위해서는 부득이한 조치였다.
'잘됐다.'
최지훈이 이현의 여동생을 만나 본 것은 오늘이 처음이었다.
로열 로드에서야 같이 사냥도 하고 탐험도 했다. 하지만 실제로 얼굴을 보니 느낌이 좋았다.
한마디로 마음이 끌린다.
숱한 여자들을 만날 때에도 느끼지 못한 감정들이 조금씩 싹텄다.
'이러면 오늘은 이 아가씨와 계속 같이 다니게 되겠군. 좋아. 나쁘지 않아.'
최지훈이 밝게 웃을 때였다.
마상범이 가볍게 어깨를 두들겼다.
"척추 조심해라."
"예?"
"뽑히기 전에……."
최지훈의 얼굴에 공포가 스쳤다.

"흐흐흐."

이인도가 음산하게 웃었다.

사범들이나 수련생들의 절대적인 사랑을 받는 이혜연과 가까이 지내는 것은 목숨을 걸어야 하는 일.

최지훈은 목뒤가 서늘했다.

이윽고 청룡 열차가 높은 곳으로 올라갔다. 하지만 내려올 때 열심히 비명을 지르는 것은 오동만과 신혜민, 정효린, 이혜연, 최지훈뿐이었다.

"꺄아아악!"

"야호!"

그에 비해서 완전히 무덤덤한 이현과 사범들, 수련생들!

'아찔함만 놓고 보면 빙룡을 조각할 때가 더 무서웠지.'

수백 미터 높이나 되는 얼음 덩어리에서 외줄 타기를 하며 조각술을 펼쳤다. 바람 때문에 몸을 가누기도 힘든데 혼신의 힘을 다해서 버텨야 했다.

그때의 경험에 비하면 그대로 앉아 있기만 하면 되는 지금은 약과라고 할 수 있다.

사범들도 태연자약했다.

"이 정도 높이면…….."

"낙법만 잘 쓴다면 떨어져도 살 수 있겠군. 최악의 상황에서도 다리 정도만 포기한다면 괜찮아."

"떨어지면서 몇 차례 몸을 회전하여 낙하 속도를 줄이

생일 파티

면 돼."

"한번 뛰어내려 볼까?"

나름대로 살벌한 가정을 하면서 아무렇지도 않게 이야기를 나누고 있었다.

덕분에 몇 명만이 비명을 지르는 기묘한 롤러코스터!

'뭐 이런 것들이 다 있어?'

놀이 기구의 관리원들이 이상하게 여길 정도였다.

그다음에 바이킹을 탔을 때에도 마찬가지였다.

사범이나 수련생, 이현은 아무렇지도 않게 앉아 있었다. 표정 하나 변하지 않으면서!

'아이고, 아까운 내 돈! 내 돈을 쓰면서 이런 경험을 해야 하다니.'

이렇게 가끔 울상을 지을 뿐, 이현은 두려움과는 한참이나 거리가 먼 표정이었다.

결국 그들은 더 이상 놀이 기구 타는 것을 포기했다.

"뭘 타도 무서워하지 않으시니, 다른 걸 타더라도 의미가 없겠어요."

정효린이 아쉬운 듯이 말했다.

놀이 공원에서는 스릴과 긴장감을 즐기는 경우가 많은데 이현이나 사범들, 수련생들은 그런 쪽과는 한참이나 거리가 멀었다.

그때 오동만이 아이디어를 냈다.

"놀이 기구가 시시하다면… 동물원에 가 보는 건 어떻겠습니까?"

이혜연이 기대에 눈을 반짝였다.

"동물원요?"

"예. 여기에는 아주 큰 동물원도 같이 있거든요. 그러니 한 바퀴 돌면서 구경하는 것도 재미있지 않겠습니까?"

"호랑이나… 사자도 있나요?"

"틀림없이 있습니다."

그렇게 해서 목표를 바꾸어서, 이번엔 단체로 동물원으로 가기로 했다.

기린이 있는 우리 앞.

갓 여섯 살이 될까 말까 한 꼬마 아이들이 기린을 구경하고 있었다.

유치원에서 단체로 관람을 온 것이다.

작고 귀여운 남자 아이들이 소리쳤다.

"저것 봐. 기린이야!"

"와! 멋지게 생겼다."

눈이 예쁜 여자 아이들도 환한 미소를 지었다.

"예쁘다."

"귀여운 동물이다. 우와! 저 긴 목 좀 봐!"
동심이 어우러지는 광경이었다.
기린들도 평화롭게 우리 안을 걸어 다니고 있었다.
그때 뒤에서 들려오는 음험한 목소리!
"기린. 저놈도 맛있겠는데?"
"길어서 요리하기는 좀 불편하겠는데 말입니다."
"그래도 소금만 있으면 제법 맛있게 먹을 수 있을 것 같다. 저번에 내가 아프리카 쪽에서 수련을 할 때, 너무 배가 고팠지. 그래서 사자를 잡아먹은 적이 있는데, 노린내가 심해서 코를 막고 먹었다니까."
"역시 초식동물들이 먹기는 편하지 않겠습니까?"
"사형, 언제 밤에 와서 한번……."
쓰윽!
사범들과 수련생들!
그들이 기린을 보며 이야기를 나누고 있었던 것!
"우와아아앙!"
아이들이 울음을 터트렸다.
순진무구한 동심을 완벽하게 파괴해 버린 그들.
하지만 사범들과 수련생들은 이내 다른 쪽으로 이동했다.
낙타와 조랑말 들이 있었다.
"요놈들은 무슨 맛일까?"
"골라 먹는 재미가 있을 것 같은데 말입니다."

"구워 먹으면 좋을 것 같아."

백곰의 우리 앞에서는 아주 노골적으로 입맛을 다셨다.

"저, 저놈 좀 봐라."

"워메, 입가에 군침이 도네요."

"쓸개며, 발바닥이며… 뭐 하나 버릴 게 없는 놈이지. 저거 1마리 먹으면 1년 치 몸보신은 완전 그만인데……."

사범들과 수련생들의 눈이 살벌하게 빛났다.

백곰마저 두려움에 멀찌감치 도망칠 정도.

수달이나 돌고래, 악어 들도 비슷한 운명이었다. 오죽 쳐다보았으면 그들의 주변에는 새들도 가까이 오지 않았다.

하지만 예상 밖으로 잘 어울리는 동물들도 있었다.

원숭이, 고릴라, 돼지 들!

과자와 바나나를 줄 때마다 재롱을 떠는 녀석들을 보며 사범들과 수련생들은 좋아했다.

"왠지 정이 가."

"그냥 지나칠 수가 없어."

이현도 동물원을 구경하는 게 즐거웠다.

얼마 만에 취하는 휴식이던가.

로열 로드를 시작하고 나서는 하루도 편하게 쉰 적이 없다. 하루를 빠지면 그만큼 뒤처진다는 생각을 했고, 매달 나가는 이용 요금도 아까웠기 때문이다.

하지만 여동생과 동료들 그리고 도장의 식구들과 동물원

에 온 것을 후회하진 않았다.

"언젠가 나도 가족을 이루고 이곳에 다시 방문하는 날이 있겠지."

10년, 어쩌면 20년 후의 일이 되리라.

그러나 지금도 여유롭고 행복하다는 느낌이 들었다.

정효린은 놀이 기구를 탈 때가 아닌데도 계속 이현의 곁을 떠나지 않았다. 북부의 퀘스트를 함께하지 못한 것을 보충이라도 하듯이 애인처럼 움직였다.

오동만과 신혜민, 최지훈은 최대한 사범들과 수련생들에게서 멀어졌다.

"그나마 다들 좋아하니 다행이라고 해야 할지······."

"멀찌감치 떨어져서 걸어요."

"우리는 모르는 사람들입니다."

놀이 공원으로 떠났던 일행은 해가 질 무렵에 대중교통을 이용해서 다시 도장으로 돌아왔다.

이현의 생일 파티 마지막 계획이 완성되어 있었다.

삼겹살과 돼지 갈비를 비롯한 고기 파티!

김인영과 박희연, 박수연도 와서 열심히 고기를 날랐다.

"많이 드세요."

"고맙습니다, 아가씨."

마상범이 기름기가 뚝뚝 떨어지는 고기를 상추에 싸서 입에 넣으며 말했다.

"생일에 먹는 고기는 그 맛이 각별한 법이지."

사범들이 세운 이현의 생일 파티의 끝은 역시 고기였다.

놀이 공원에 이은 삼겹살!

그들이 세운 생일 파티 계획이었던 것이다.

최종범은 부지런히 젓가락을 놀려서 채 익지도 않은 고기들을 집었다.

"고기는 역시 여럿이서 먹어야 맛있어."

이인도 맞장구쳤다.

"사람이 많을수록, 언제 먹어도 맛있지요."

그들이 마련한 생일 파티는 레스토랑에서 거창하게 하는 것도 아니었고, 특별히 선물을 주고받지도 않았다. 하지만 그럼에도 따뜻한 정이 있었다.

정일훈이 소주를 들었다.

"여기 술도 한잔해라."

이현은 조심스럽게 두 손으로 잔을 들었다.

"사형, 술을 마셔도 되는 것입니까?"

"지금은 그냥 형이라고 해라. 아무리 우리가 육체를 수련한다고는 하지만 그래도 사람이다. 가끔씩 이런 자리까지 마련하지 않는 것은 아니지."

정일훈은 이현의 잔에 소주를 가득 따라 주었다.
"그럼 우리의 인생을 위해!"
"인생을 위해!"
투박한 사나이들의 건배였다.
 그 모습을 보며, 이혜연은 사전에 약속한 것을 꼭 이루어 주기로 결심했다.
 여대생과의 단체 미팅!

하이 엘프의 활

위드가 베르사 대륙으로 돌아왔을 때에는 현실 시간으로 이틀이 지난 후였다. 베르사 대륙의 시간으로는 엿새나 지났다.

"으으, 그렇게 마셔 댈 줄이야."

술은 어릴 때부터 막노동을 하면서 마셔 보았다.

고된 일과 후에 술 몇 잔은 속을 풀어 준다. 술병들이 하나둘 늘어날 때까지만 해도 화기애애한 분위기였다.

하지만 밤새도록 마시는 술에는 장사가 없었다.

위드가 이 정도였는데 주량이 약한 페일이나 메이런, 제피 등은 말할 것도 없으리라.

"소주가 추가로 들어올 때는 끔찍했지."

4시간 정도 술을 마셨을 무렵, 무려 소주 200박스가 새로 추가되었다. 그때의 두려움은 무어라 형용할 수가 없었다.
 수련생들의 숫자가 아무리 많다고 해도, 이건 술이 인간을 먹어 갈 수준!
 아무리 술꾼이라고 해도 그 무식한 술을 보고는 질리지 않을 수 없으리라.
 차라리 기절하고 싶을 정도였다.
 "숙취로 고생을 좀 했지만, 아무튼 무사히 돌아왔으니 됐다."
 위드는 주위를 둘러보았다.
 죽음의 계곡에서 멀지 않은 장소의 안전한 동굴. 알베론이 조용하게 기도를 올리다가 일어났다.
 "위드 님, 이제 오셨습니까?"
 "그래."
 위드는 근원의 스켈레톤에서 다시 인간으로 돌아왔다. 밤이 지났으니 당연한 결과이리라.
 동굴 안에는 알베론뿐이었다.
 이 장소는 잘 감추어진 곳이라서 여간해서는 찾지 못한다.
 "그보다도… 원정대는 현재 어디쯤 가 있으려나?"
 위드는 마녀 세르비안의 깨진 구슬이 어찌 되었을지 조금 궁금했다.

오베론과 베로스를 비롯한 원정대원들은 벅차오르는 가슴을 주체할 수 없었다.

신의 제단이 있는 에데른이라는 마을.

밤을 새워 걷고, 움직이면서 식사를 했다.

그러한 노력 끝에 드디어 결실을 거둘 수 있었다.

부서진 집들과 성벽.

그들은 폐허로 변해 버린 이 황량한 마을을 찾아왔다.

삭풍이 부는 에데른은 을씨년스럽기 그지없었지만, 원정대는 그간의 고생이 모두 사라지는 기분이었다.

키 작은 드워프 오베론이 바위 위에 올라섰다.

"여기가 에데른. 원정의 마지막이 될 장소다. 모두들 부족한 나를 믿고 따라와 줘서 고맙다."

"대장, 우리 모두 같이해서 성공했던 거야. 조금 고생은 했어도 보람이 있었어."

베로스의 말에 원정대는 모두들 고개를 끄덕였다.

'이 추운 북부에 괜히 왔다고 후회했던 적이 한두 번이 아니었지.'

'정말 이렇게 오랜 시간 동안 고생한 퀘스트는 처음이야.'

과정이 힘들었던 만큼 지금의 감격은 이루 말할 수 없는 것. 원정대원들의 눈은 앞으로 일어날 일에 대한 설렘으로 반짝거리고 있었다.

　오베론은 말을 길게 끌지 않았다.

　"다들 수고가 많았다. 그러면… 드럼."

　"예, 대장."

　"물건을 복원하도록 하지."

　드럼은 소중하게 간직해 온 물건을 품에서 꺼냈다.

　마녀 세르비안의 깨진 구슬!

　중앙 대륙에서 출발하여, 추운 북부를 헤매며 무수한 전투 끝에 얻어 낸 보물.

　원정대원들의 눈길이 한곳에 모였다.

　그 중심에는 물론 깨진 구슬이 있었다. 균열이 일어나서 깨지고 갈라진 볼품없는 구슬.

　끊임없이 한기를 뿜어내고 있는 구슬.

　원정대원들은 추위에 몸을 떨어야 했다. 그나마도 드럼이 구슬의 힘을 약화시키지 않았더라면 아마도 다들 얼어 죽었을 것이리라.

　드럼은 그 구슬을 길드 내의 마법사인 케론에게 내밀었다.

　"수고해 주게."

　케론은 감히 구슬을 건드리지도 않았다. 보석을 주로 다루는 인챈터인 그에게는 구슬의 저주가 그대로 영향을 주기 때문이었다.

　"알겠습니다."

"미안허이."

"나중에 밥이나 거하게 사 주세요."

"그렇게 하겠네."

케론은 마녀 세르비안의 깨진 구슬을 살폈다.

"감정!"

띠링!

마녀의 깨진 구슬 : 내구력 1.
알 수 없는 재질로 만들어져 있다.
본래는 대단한 물건이었을 것으로 짐작된다. 하지만 균열로 인하여 그 힘이 외부로 분출되고 있다.
끊임없는 한기의 원천이 되는 구슬.
옵션 : 구슬을 복원함으로써 추위를 봉인할 수 있음.

인챈터는 보석이나 광물에 마법적인 권능을 부여하는 직업이다. 매우 희귀할뿐더러, 경지에 오르기까지는 지난한 노력을 필요로 했다.

하지만 그런 수준에 오른 마법사가 케론이었다.

"젠장! 이것도 영광이라면 영광이지."

케론은 깨진 구슬을 만졌다.

"구슬 복원!"

손이 눈부시게 빛나며 균열이 일어난 부분들이 말끔하게

고쳐졌다.

 인챈터의 직업 스킬.

 마법적인 복원력을 이용하여 보석과 재료들을 원래대로 되돌리는 능력이었다.

 그 순간 구슬로부터 무한정 뻗어 나오던 한기가 감쪽같이 사라졌다.

 "휴우!"

 "이제야 길게 숨을 쉴 수 있겠네."

 그때부터 원정대원들은 훨씬 편하게 호흡할 수 있었다.

 빠른 속도로 대기의 추위가 물러갔다.

 하지만 마지막에 세르비안의 깨진 구슬을 만졌던 케론은 손에서부터 시작되어 몸이 그대로 얼음으로 변했다.

 "살려. 어떻게든 살려야 돼!"

 "이런 젠장!"

 성직자들이 나서 보았지만 이미 목숨을 잃은 후였다.

 그때부터 원정대는 제단 주변의 풍경이 변해 가는 것을 보았다.

 벨소스 왕의 저주로 인하여 대륙은 무덥게 변했다. 구슬의 균열이 고쳐진 이후로, 이제 북부에도 따뜻한 바람이 불어왔다.

 하늘에서 약간씩 내리던 눈들이 빗방울로 변했다.

 조금씩 따뜻한 비.

영영 녹지 않을 것 같던 얼음들이 녹아내렸다.

대지에 갇혀 있던 푸른 생명력들이 살아나고 있었다.

"나중에 밥은 꼭 사지."

드럼은 그렇게 말하면서, 이제는 조금의 균열도 없이 매끄럽게 변한 마녀의 구슬을 확인했다.

그 순간 구슬 안에서 어떤 장면들이 흘러갔다.

주위의 풍경은 두껍게 눈이 쌓인 설원 위였다.

어린 소녀가 마법을 배우고 있었다.

소녀가 마법을 펼칠 때마다 작은 눈송이들이 생겨났다. 때론 주먹만 한 얼음 덩어리들이 만들어지기도 했다.

마법을 성공시킬 때마다 천진난만한 웃음을 터트리는 소녀.

마녀 세르비안.

아마도 소녀의 정체이리라.

소녀는 점점 자라났다.

어리고 귀엽던 소녀가 로브를 입기 시작했다.

처음에는 맞지 않은 옷을 뒤집어쓴 듯이 작았지만 점점 로브에 익숙해졌다. 그리하여 어엿한 숙녀가 되었을 때에는, 마도사들만이 가질 수 있는 지팡이까지 들었다.

그 후 평화로운 설원에 침략자들이 발을 디뎠다.

몬스터 군단과 인간 병사들.

마녀 세르비안은 적들과 맞서 싸웠다.

그녀가 마법을 펼칠 때마다 몬스터들이 얼어붙었다. 인간 병사들은 추위를 이기지 못하고 땅 위로 쓰러졌다.

설원 위에 펼쳐진 마녀 세르비안의 전설!

베르사 대륙의 역사 중 빙계 마법 마스터의 전설이었다.

비바람을 몰고 거친 폭풍이 다가오고 있었다.

세르비안이 두 손을 활짝 펼쳤다. 그러자 주변의 모든 것들이 그대로 얼어붙었다.

폭풍마저 얼려 버리는 빙계 마법!

―빙계 마법의 비기, 프로즌 웨더가 마녀의 구슬에 복원되었습니다.
주변의 기후를 강제로 조절하여 적들을 제압하는 마법.
빙계 마법을 고급까지 익히시면 사용할 수 있습니다.

"아아!"

드럼은 탄식했다.

세르비안의 깨진 구슬. 그것을 복원하고 나니 마녀의 구슬이 나왔다. 새로운 마법을 습득할 수 있는 마법서와 비슷하지만 차원이 다른 물건.

빙계 마법 마스터의 비기가 수록된 구슬이다.

빙계 마법을 전문적으로 익힌 드럼에게는 보물과도 같은 물건이었다.

오베론이 다가와서 어깨를 두들겼다.

"다음에 또 기회가 있을 거야."

드럼은 울상을 지었다.

"정말 다시 기회가 있겠죠?"

"아마도……."

"……."

원정대의 수고가 있었기에 얻을 수 있었던 구슬이다.

드럼은 어쩔 수 없이 마녀의 구슬을 신의 제단에 올렸다.

원정대가 마지막에 구슬을 바치는 것은 인터넷을 통해서 생중계되고 있었다.

그뿐만이 아니었다. 베르사 대륙의 선술집에서도 설치된 마법 유리를 통해 영상을 볼 수 있었다.

"정말 이 더위가 사라지는 건가?"

"그럴 수 있을까?"

이제 더위에 적응해 버린 사람들이었다.

지긋지긋한 더위가 어느 한순간 물러간다는 것은 믿을 수 없는 일.

그럼에도 미약한 기대를 품었다.

적어도 이 순간만큼은 이보다 더 중요한 사건이 없었다.

제단 위에 오른 마녀의 구슬은 그대로 먼지처럼 분해되었다. 하지만 그 구슬에 담긴 힘은 대륙 전체에 영향을 주기 시작했다.
 스콜피온 킹, 벨소스 왕의 저주로 인하여 무더워졌던 대륙이 변화하고 있었다.
 대기의 온도가 예전처럼 낮아졌다. 후덥지근하던 바람이 상쾌하게 바뀌고, 미지근하던 맥주가 시원하게 변했다.
 "브라보!"
 "건배!"
 사람들은 흥겨움에 빠져서 축제를 벌였다.
 베르사 대륙의 어떤 도시나 마을에서도, 즐거움에 소리 지르는 사람들을 볼 수 있었다.

 위드는 알베론과 같이 와이번을 타고 하늘을 날았다. 빙룡이 주변을 호위했다. 베르사 대륙을 떠난 사이에, 죽음의 계곡에 남은 사람이 있는지를 확인하기 위해서였다.
 사람들로 북적거리던 장소는 다시금 몬스터들로 들끓었다.
 "캬우. 인간이다!"
 "죽여!"
 "디베스께서는 가장 악랄한 자에게 축복을 내리시니……."
 위드는 고개를 저었다.

"모두 떠난 모양이군."

얼음과 눈으로 뒤덮여 있던 죽음의 계곡.

하지만 하늘의 햇볕이 뜨겁게 느껴지고, 따뜻한 바람이 불었다. 마녀 세르비안의 깨진 구슬이 복원되어서 더 이상 한기가 생성되지 않았다.

벨소스 왕의 저주.

대륙을 덮은 무더위가 위력을 발휘하고 있었다.

절대로 녹지 않을 것 같던 눈과 얼음들이 순식간에 물로 변해서 흘러내린다. 그 때문에 죽음의 계곡에는 급류가 흘렀다. 하지만 척박한 대지는 금세 수분을 빨아들였다.

"크아아! 열기! 이놈의 열기에 내 몸이 타오른다, 주인!"

빙룡은 하늘에서 몸부림을 치며 괴로워했다. 얼음으로 이루어진 몸에서 물방울이 뚝뚝 떨어졌다.

온도가 높아지는 것이 북부에는 축복이었지만, 빙룡에게는 힘의 약화를 불러왔다.

"사, 살려 다오. 주인."

빙룡이 괴로워하며 눈물을 머금었다. 산 채로 삶기고 있는 것처럼 애처로운 눈빛을 하면서 말이다.

위드는 냉정하게 말했다.

"이 쓸모없는 놈!"

그는 빙룡의 엄살을 대번에 꿰뚫어 보았다. 실제로 숨이 넘어갈 정도는 아니었으니까. 하지만 이렇게 더운 날씨에는 더 이상 부려 먹을 수 없었다.

빙룡이 날갯짓도 힘겨워하고 있었기 때문.

막대한 체력과 생명력을 가진 빙룡이었다. 그만큼 다시 회복되기 위해서는 많은 시간을 필요로 한다. 본 드래곤과의 전투가 끝나고 얼마 되지 않았다는 점을 감안하더라도 빙룡은 약해져 있었다.

'이런 마당에 전투까지 한다면 회복 속도가 더욱 느려지겠지.'

빙룡이 위드를 따라다니면서 전투를 벌이기란 도저히 무리라는 판단이 들었다.

빙룡이 슬프게 말했다.

"주인, 이제 내가 떠날 때가 된 것 같다."

"그건……."

위드의 눈가에 아픔이 스쳤다.

얼마 부려 먹지도 못하였다. 그런데 어떻게 자신을 떠나겠다고 하는 것인가.

"주인, 나는 느낄 수 있다. 저 먼 곳에, 몇 날 며칠을 날아도 도착하기 힘든 곳에 내가 살아갈 수 있는 세상이 있다. 아직 더워지지 않은 땅. 눈과 얼음이 영영 녹지 않는 땅. 그곳에서 힘을 길러서 되돌아오겠다."

"반드시 가야만 하는 것이냐? 다른 방법이 있지 않을까? 호수나 강물 속에서 몸을 식히며 지내는 것도 괜찮을 것 같은데. 좀 힘들더라도 어떻게든 나와 같이 지내면서 방법을 찾아보는 편이……."

"아니다, 주인. 나는 가야 한다."

위드는 빙룡을 보내고 싶지 않았다. 하지만 어쩔 수 없이 빙룡이 떠나는 것을 허락해야만 했다.

그렇지 않아도 힘이 약한 빙룡이 더욱 비실거린다면, 있으나 마나 한 존재가 되어 버리는 격이다.

끊임없이 몸의 온도를 낮추어야만 온전한 활약을 할 수 있는 빙룡!

사실 호수나 강물을 이용하는 것도 무리가 많은 계획이다. 언제나 주변 지형을 익히고 있으면서 그런 곳만 다닐 수도 없기 때문이었다.

"그래. 가거라. 그리고 강해져서 돌아와라."

"고, 고맙다. 주인."

빙룡은 짧게 인사를 하고 저 먼 북쪽을 향해 날아갔다.

파닥파닥! 파다다다다닥!

방금 전까지는 힘겨워하던 날갯짓을 엄청난 속도로 하고 있었다.

쏜살같이 도주하는 빙룡!

와일이와 와삼이 들은 그를 부러워하며 탄식했다.

"착취하는 주인에게서 떠날 수 있다니……."

"우리도 얼음으로 만들어질 것을."

"이렇게 아쉬웠던 적이 없어!"

금인이도 한마디 했다.

"역시 빙룡이 우리의 형이었다. 골골골! 저 잔머리는 정말 부럽다."

어떻게든 그들을 혹사시키고 부려 먹는 위드에게서 벗어나서 자유를 쟁취한 빙룡!

그는 한순간 영웅으로 떠오르고 있었다.

빙룡이 작은 점으로 사라지고 난 후였다.

그 후로는 다시 날씨가 약간 선선해졌다.

원정대가 마녀 세르비안의 구슬을 바쳤기 때문이다.

띠링!

대륙 퀘스트가 수행되었습니다.
북부를 동토의 대지로 만들었던 마녀 세르비안의 구슬이 신의 제단에 봉헌되었습니다.
추위로 인하여 봉인되어 있던 왕국들과 마을들이 잠에서 깨어납니다.
척박한 땅에 살던 북부의 인간들은 마녀 세르비안의 구슬을 회수하는 데 도움을 준 사람들에게 친절을 아끼지 않을 것입니다.
북부의 모든 마을의 생산력이 증가합니다.
북부의 모든 마을에 대한 공헌도가 763 상승합니다.
북부에서는 명성이 15% 증가합니다.
프레야 교단에 대한 공헌도가 1,300 올랐습니다.

-레벨이 오르셨습니다.

-레벨이 오르셨습니다.

-레벨이 오르셨습니다.

-레벨이 오르셨습니다.

-레벨이 오르셨습니다.

…….

레벨이 한꺼번에 7개나 오르고 보상으로 상당한 공적치를 받았다.

마녀 세르비안의 구슬을 찾기 위해서 본 드래곤과 싸웠다. 그러면서 상당한 역할을 했기 때문이리라.

"그렇다면 원정대에 속한 이들 모두가 공적치를 받았겠군."

위드가 무심한 눈길로 지상을 살펴보고 있을 때였다.

죽음의 계곡 절벽 위에는 무성하게 자란 식물들이 있었다.

모라타 마을에 있는 프리나의 부탁으로 심고 가꾸어 놓은 엘프의 식물들!

냉혹한 자연환경에서도 꿋꿋하게 뿌리를 내리고 자라던 식물들이었다.

그런데 더 이상의 성장을 막던 얼음들이 녹아내렸다. 햇빛은 따사롭고, 바람은 아직 서늘하지만 식물들이 자라기에는 나쁘지 않다.

파사사삭!

식물들은 가공할 기세로 자라났다. 잠깐 사이에 죽음의 계곡 전체로 퍼져 나가더니, 평원 너머로 뻗어 갔다.

얼음이 녹아서 붉은 흙이 훤히 보이던 곳에 불과 몇 분 사이에 숲이 우거지고 들판이, 초원이 펼쳐졌다. 비옥한 대지를 식물들이 덮어 버린 것이다.

엘프의 씨앗, 거기에 프레야 교단의 교황 후보인 알베론의 축복까지 받은 식물들이다.

아마도 죽음의 계곡에서 시작된 푸른 물결들은 빠른 속도로 북부 전역으로 퍼져 나가리라.

"아, 프리나의 부탁이 이런 결과로 나타날 줄이야……."

그 순간 위드에게 묘한 감흥이 일어났다.

추위로 인하여 잠들어 있던 북부가 이제는 대개발의 시대로 접어들리라.

식물들이 자라난다는 것은 북부에 큰 의미를 가지고 있었다.

일차적으로 식량의 확보가 손쉬워진다. 벼와 밀, 야채, 열매 들이 자랄 수 있게 되었다. 마을에서 식량의 구매가 쉬워질 것이고 가격도 저렴해진다. 아울러 마을 주민들도 증가하게 될 것은 불을 보듯이 뻔한 일이었다.

모험가들의 발길이 끊이지 않고, 사람들이 찾아올 날도 머지않았다. 번성한 마을들, 왕국들이 세워지리라.

중앙 대륙에서 온 여행자들과 상인들, 전사들이 활약을 할 새로운 대지가 열렸다.

알베론이 기도했다.

"프레야 여신님의 가호가 이 땅에 내리기를!"

위드는 전율했다.

애초에 이 퀘스트의 발단이 무엇이었던가.

'멀쩡히 사냥하고 있는 나를, 성기사들과 사제들이 데려왔지.'

프레야 교단으로 인하여 퀘스트가 거의 강제적으로 개시되었다.

'이것도 연계 퀘스트였던 거야.'

죽음의 계곡을 조사하여 니플하임 제국의 몰락에 대해 알아내고, 씨앗을 뿌린다.

씨앗을 뿌리는 것은 상대적으로 쉬운 퀘스트였다. 몬스터들만 제압하면 가능한 수준이었으니, 난이도 A급의 퀘스트치고는 거의 거저먹는 정도라고 해도 과언이 아니다.

"시간은 걸려도 실패할 여지는 현저히 낮은 퀘스트였지. 웬만해서는, 한두 번 죽더라도 다시 도전하면 되니까."

위드는 고개를 끄덕였다.

하지만 만약에 그렇게 씨앗을 뿌리고 식물들만 자라게 했다면 그 보상은 그리 크지 않으리라.

 죽음의 계곡을 조사하면서 필연적으로 부딪치게 될 본 드래곤!

 그 본 드래곤을 넘어서 니플하임 제국 황제의 명예를 되찾아 주고, 부수적으로 얻는 마녀 세르비안의 깨진 구슬을 복원한다. 이것이야말로 난이도 A급 2개의 연계 퀘스트가 가진 의미였던 것이다.

 위드는 소름이 쫙 끼쳤다.

 "이런 퀘스트였다면… 그 보상은 막대할 게 틀림없어!"

 연계 퀘스트의 보상은 일반 퀘스트의 서너 배가 넘는다.

 난이도 B급이나 C급의 퀘스트도 상당히 쏠쏠한 보상을 해 준다. 하물며 난이도 A급의 퀘스트라면 말할 필요도 없는 것!

 북부 전체의 지형을 바꾸고, 마을들과 왕국들을 깨워 냈다. 그 엄청난 파급효과를 감안한다면 웬만한 보상으로 끝나진 않으리라.

 "가자, 모라타 마을로!"

 위드는 와이번을 타고 쏜살같이 모라타 마을을 향해 날았다. 이미 눈은 시뻘겋게 충혈되어 있었다.

 죽음의 계곡으로 걸어갈 때에는 상당히 많은 시간이 걸렸다. 감기에 걸려서 고생을 하고, 혹독한 추위에 시달리면서 몇 날 며칠을 걸어야 했다.

하지만 이제 와이번으로 날아가는 데에는 불과 몇 시간이면 충분했다.

모라타 마을!

얼마 전까지만 하더라도 뱀파이어들이 살던 흑색의 거성을 뒤로한 채로 폐허가 되어 있던 마을이었다.

설원 속에 고립무원처럼 지어져 있던 마을.

지금은 주변의 눈과 얼음들이 모두 녹았다. 아직 식물들이 자라고 있지는 않아도, 금세 이곳까지 녹색의 물결들이 퍼지게 되리라.

위드는 마을에 도착하고 나서야 서윤의 생각이 났다.

'그러고 보니 서윤도 나와 같은 퀘스트를 받았는데.'

프리나의 부탁은 함께 해결했다. 하지만 니플하임 제국의 몰락에 대한 비사는 위드 혼자만 퀘스트에 대한 정보를 입수했다. 서윤은 본 드래곤과 싸우던 와중에 죽었기 때문이다.

마침 친구 목록을 살펴보니 서윤이 접속해 있었다.

그 사악한 음모, 마지막에서야 말을 걸던 음침함을 떠올리면 절대로 연락하고 싶지 않았다. 하지만 최소한의 동료 의식은 있었다.

'그래도 퀘스트를 하면서 많은 도움이 되긴 했지. 그녀가 없었다면 훨씬 더 많은 시간이 걸렸을 거야.'

위드는 짧게 심호흡을 하고 귓속말을 보냈다.

-위드입니다.

대답이 돌아올 때까지 잠시 기다렸다. 그런데 아무 말도 없었다.

-지금 중요한 일을 하고 계십니까?

-…….

이번에도 묵묵부답이었다.

위드는 잠시 후에 다시 말을 걸었다.

-어디 계세요?

-…….

-퀘스트를 해결할 수 있는 물건을 가져왔습니다.

-…….

-흑돼지 가죽 옷도 주워 놨는데.

-…….

서윤으로부터는 한마디의 대답도 들려오지 않았다.

'역시 사악한 여자. 다시 말을 하지 않는 거야!'

위드는 드디어 서윤을 인정했다.

보통 인간으로서는 혀를 내두를 정도의 악독함과 치사함!

"아주 좋은 사냥터를 발견했거나, 퀘스트를 진행하고 있겠지. 그러니까 대답도 하지 않는 것일 거야."

위드는 고개를 끄덕였다.

추측이었지만, 그동안 봐 온 서윤의 인간성을 생각하면 틀

림없을 것 같았다. 위드의 인간성도 가히 좋은 편은 아니었지만, 아픈 사람에게 독을 먹이는 짓은 사람으로서 도저히 할 수 있는 짓이 아니다.

"아쉬우면 먼저 연락하겠지."

위드는 서윤에 대한 미련은 접어 버리고 모라타 마을로 들어갔다.

마을 안에는 분주하게 사람들이 돌아다니고 있었다.

"날씨가 따뜻해졌어."

"이제 우리 마을도 조금 살 만해지려나? 더 이상 추위에 맞는 옷은 안 만드는 편이 낫겠군."

"이런 날씨라면 몬스터들도 더욱 활발하게 돌아다닐 게야. 마을의 벽을 보수해서 몬스터들의 침입을 막아야겠는데."

주민들이 떠들면서 일을 하고 있었다. 농기구를 제작하거나, 아니면 실을 짜서 옷을 제작했다.

모라타 마을의 축제로 인하여 생산력이 대폭 늘어났기에 부서졌던 집들도 그동안 상당수 복구되어 있었다.

알베론이 공손하게 인사했다.

"위드 님, 이렇게 마을에 돌아왔으니 저는 사제들과 함께 주민들을 보살피도록 하겠습니다."

"알아서 하도록 해. 수고가 많다."

"예. 몬스터들이 침입하면 언제든지 불러 주시기를."

모라타 마을은 프레야 교단의 보호를 받고 있다. 성기사들과 사제들이 머물고 있으니 그들과 함께 어울릴 모양이었다.

　홀가분해진 위드는 마을 장로의 집으로 들어갔다.

　고구마를 구워 먹고 있던 마을 장로는, 위드가 들어온 것을 보고 황급히 그것을 뒤로 감추었다.

　"용사여, 어서 오십시오."

　"다녀왔습니다."

　"수고가 많으셨습니다. 제가 부탁드렸던 니플하임 제국 황제의 비겁한 죽음에 대해서는 알아 오셨습니까?"

　"예. 그보다도 제가 배가 고픈데……."

　위드는 음식들도 아꼈다.

　맛이 있더라도 지나칠 정도로 먹어 대지는 않았다. 너무 많이 먹을 경우에는 포만감이 과도하게 상승해서 오히려 체력이 빨리 소진된다. 그러므로 적당히 음식을 조절했다.

　하지만 얻어먹을 수 있는 상황에서는 절대 빼지 않았다.

　빈대 본능!

　어디서든 간편하게 얻어먹는 방식으로 식사를 해결했다.

　"마, 마을의 용사에게 어찌 이런 고, 고구마를……."

　"괜찮습니다."

　"이런 음식을 대접하는 것은 예의가 아니니……."

　"감사히 먹겠습니다."

　"드, 드십시오."

　마을 장로는 눈물을 머금고 고구마를 내놓았다.

위드는 죽음의 계곡에서 자란 식물들을 이용해 담근 겉절이 김치와 함께 고구마를 먹었다.

-포만감이 기분 좋게 채워졌습니다.
체력이 10% 늘어납니다.

고구마는 단순한 요리였다.

위드처럼 중급 요리사가 만든 음식도 아니기에 효과는 그리 뛰어나지 않았지만, 어차피 포만감을 채울 용도였기에 따질 필요는 없었다.

고구마를 빠른 속도로 먹어 치운 위드는 용건을 이야기했다.

"니플하임 황제는 비겁하게 도망치지 않았습니다. 그는 몬스터들을 계곡으로 끌어들여서, 마녀 세르비안의 깨진 구슬을 이용해 놈들을 제압하려고 하였습니다."

띠링!

진실과 영광 완료
황제 이벤 니플하임 6세는 진정한 기사였다. 그는 몬스터들로부터 제국민들을 지키기 위하여 자신을 희생했다.
하지만 그 결과가 썩 좋게만 작용한 것은 아니었다.
니플하임 제국은 분열과 혼란을 거듭하면서 쇠락해 버렸고, 북부는 동토의 대지가 되고 말았다. 마녀 세르비안의 깨진 구슬을 복원할 수 있는 용기 있는 자들이 나타나지 않았기 때문이다.

-명성이 3,200 올랐습니다.

-모라타 주민들과의 우호도가 100이 되었습니다.

-모라타 마을의 공적치가 3,200 상승했습니다. 모라타 마을의 공적치는 지역 상태창을 통해 확인할 수 있습니다.

-모라타 마을의 공적치 : 9,800

-레벨이 오르셨습니다.

-레벨이 오르셨습니다.

-레벨이 오르셨습니다.

-레벨이 오르셨습니다.

-레벨이 오르셨습니다.

……

9개의 레벨과, 엄청나다고 해도 과언이 아닐 정도의 명성!
위드는 생각했다.
'제국의 명예와 관련된 퀘스트라 보상이 큰 모양이로군.'
마을 장로는 서랍 깊숙한 곳에서 보자기에 싸인 무언가를 꺼내 가져왔다.

"용사여, 저번에도 말했지만 나는 니플하임 제국의 귀족이었습니다."

위드는 솔직히 조금 믿기 어려웠다. 아무리 제국이 망했다고 해도, 어찌 귀족이 고구마나 아끼려고 한단 말인가! 물론 위드는 그마저도 빼앗아 먹었지만, 썩 신뢰가 가지 않는 것도 사실이었다.

위드가 무슨 생각을 하는지도 모르고 마을 장로가 말을 이었다.

"제국이 몰락하던 시절, 제국 황실의 보물들이 여기저기로 흩어졌습니다. 제가 가졌던 것은 바하란의 팔찌. 이제 주인을 찾은 것 같으니 용사님에게 드리도록 하겠습니다."

-의뢰에 대한 보상으로 아이템을 획득하셨습니다.

팔찌나 목걸이, 반지의 액세서리들은 좋은 물건을 구하기 힘들다. 그런 만큼 희소성이 있고, 가격도 비싼 편이었다.

위드는 서둘렀다. 가슴이 벅차오르고 심장이 두근거렸다.

"감정!"

띠링!

바하란의 팔찌 : 내구력 30/30.
니플하임 제국의 보물.

극상의 아름다움과 함께 다양한 마법적인 능력을 가지고 있다. 믿을 수 없을 정도로 정교하게 세공된 보석들로 만들어진 팔찌.
제한: 레벨 450. 명성 10,000.
옵션: 마나 최대치 55% 상승.
전 스탯 +15.
마나 회복 속도 20% 증가.
매력, 기품 +30.

일반적으로 공격과 관련된 옵션을 제외하고 가장 귀한 것이 마나 회복 속도를 늘려 주는 것. 특히 마나 회복 속도가 붙은 팔찌는 너무나 귀해서 부르는 게 값이었다.

위드는 할 말을 잃어버리고 말았다.

'설마 이런 대박을 얻을 줄이야.'

본 드래곤을 잡고 얻었던 물건은 다소 아쉬움이 있었다. 그러나 퀘스트의 보상은 결코 그를 실망시키지 않았다.

위드가 가지고 있는 탈로크의 갑옷과도 비교가 되지 않을 아이템!

'이 팔찌가 아이템 거래 사이트에 올라간다면 그곳이 한차례 뒤집어지겠군.'

사려는 사람들의 입찰 경쟁이 치열할 것이다.

마나가 빨리 회복될수록 더 많은 스킬을 사용할 수 있다. 그만큼 사냥 속도가 빨라지고, 스킬 숙련도를 올리기에 좋다.

라비아스에서 얻은 패로트의 링.

잠시 대신관의 반지를 찰 때도 있었으나, 마나 회복 속도를 10% 늘려 주는 이 반지를 위드가 아직도 차고 있을 수밖에 없는 이유인 것이다.

마을 장로의 용건은 끝나지 않았다.

"용사여, 이제 이 마을의 운명은 그대의 든든한 어깨에 지워진 것 같습니다."

"예?"

"마을의 구원자, 새로운 희망의 빛. 우리는 그대에게 운명을 맡기려고 합니다. 부디 거절하지 말아 주시기를."

띠링!

장로의 제안, 모라타의 백작

모라타 지방은 대대로 양질의 천과 가죽의 생산지로 유명한 곳이었다. 한때는 진혈의 뱀파이어족들이 차지한 영토였지만, 이제 다시 인간들이 살고 있다.

마을 장로는 놀라운 공을 세운 명성이 대단한 모험가에게 지배자의 자리를 제안했다. 주민들과의 친밀도가 대단한 모험가는 이 제안을 거부할 수 없을 것이다.

매달 거두는 세금으로 기술과 상업의 발달, 군사력의 강화를 이룩할 수 있습니다. 다른 도시나 성을 무력으로 점령하는 것도 가능하며, 일정 규모 이상 인구와 영토를 넓히면 국왕이 되실 수도 있습니다.

-모라타의 백작이 되셨습니다.

-호칭 모라타의 신임 백작이 새롭게 사용 가능합니다.

-명성이 2,500 올랐습니다.

-카리스마가 30 상승하셨습니다.

-통솔력이 20 상승하셨습니다.

 거부할 수 없는 제안!
 친밀도와 우호도, 공적치까지 너무 높여 놓은 부작용이었다. 얼떨결에 한 지방의 지배자가 되어 버린 것이다.

 마을 장로의 집을 나온 위드는 길가에서 프리나를 만났다.
 그녀는 매우 작은 옷을 만들고 있었다.
 "오셨어요?"
 "그래. 그런데 그 옷은 뭐지?"
 "아기들이 입을 옷이에요. 들었어요? 우리 마을에 아이들이 많이 태어날 거예요. 제 꿈은 농부지만, 우리 마을 사람이라면 기본적으로 옷을 만들 수 있어야 하거든요."

위드는 고개를 끄덕였다. 모라타 마을은 역사적으로 재봉으로 유명했던 지역이었으니…….

"그렇구나. 그보다도 나는 죽음의 계곡에 심어 놓은 꽃의 이야기를 해야겠다."

"죽음의 기운이 가득한 곳에 희망의 꽃이 심겼나요?"

"그윽한 향기를 머금은 꽃들이 자랐다. 냄새를 맡고 있으면 평화롭고, 잠이 솔솔 올 것 같은 곳이 되었다. 네가 준 씨앗으로부터 아주 화사한 꽃들 그리고 싱싱한 나무와 풀들이 성장했다."

"고마워요. 정말 고맙습니다."

띠링!

프리나의 꽃 완료
센데임 계곡의 꽃과 나무 들은 몬스터의 위협에도 불구하고 무사히 자랐다. 바람을 따라 날리는 씨앗은 널리 퍼져서 숲을 만들고 들을 이루어, 인간들과 동물들을 살찌우게 될 것이다.

―명성이 1,600 올랐습니다.

―모라타 주민들과의 우호도가 120이 되었습니다. 주민들은 위드 님의 말을 어느 정도는 귀담아 들을 것입니다.

-모라타 마을의 공적치가 600 상승했습니다. 모라타 마을의 공적치는 지역 상태창을 통해 확인할 수 있습니다.

-**모라타 마을의 공적치** : 10,400

-레벨이 오르셨습니다.

-레벨이 오르셨습니다.

-레벨이 오르셨습니다.

이번에도 3개의 레벨이 올랐다.

조금은 실망스러웠다.

연계 퀘스트라고 해서 엄청난 기대를 했다. 어떤 누구도 난이도 A급의 연계 퀘스트를 했던 사람은 없으니까.

'그런데 레벨이 겨우 3개밖에 오르지 않다니.'

위드는 한숨을 푹 쉬었다.

"내 운이 그렇지, 뭘."

레벨은 어디까지나 부가적인 수단에 불과할 뿐이다.

레벨이 높으면 스탯과 스킬의 효과가 약간씩 오르기는 한다. 하지만 숙련도가 낮으면, 쉽게 올린 레벨은 나중에 탈이 나기 마련!

위드도 이 사실을 잘 알고는 있었지만, 그래도 연계 퀘스

트였다. 명성이든 공적치든 뭐든 화끈하게 올라 줄 것이라고 설레고 있었는데 예상 밖으로 평범했던 것이다.

그때 프리나가 말했다.

"잠시만 기다리세요."

"응?"

"드리고 싶은 것이 있어요."

프리나는 서둘러 자신의 집에 다녀왔다. 잠시 후 그녀가 가져온 물건은 2개였다.

고색창연한 지도와 활!

"약속했던 제 친구가 사는 곳의 지도예요. 그리고 이 활은 부탁을 들어주신 보답이에요."

-의뢰에 대한 보상으로 아이템을 획득하셨습니다.

지도는 조악하게 그려져 있었다. 어린애가 그린 것처럼 알아보기 힘들 정도였다.

"감정!"

프리나의 지도 : 내구력 3.
어떤 장소가 그려진 지도.
지형을 보고 찾아가야 할 듯하다.

문제는 삼각형의 산들, 그리고 마구 그어 댄 것 같은 선들이었다.

"이걸 보고 찾아가라니."

위드는 한숨이 나올 것만 같았다. 그런데 다른 하나의 활은 왠지 느낌이 달랐다.

나무의 재질과 시위가, 일반적인 것과는 차이가 있었다.

고급 아이템의 느낌!

"감정!"

하이 엘프 예리카의 활 : 내구력 65/65. 공격력 98. 사정거리 18.
하이 엘프가 평생에 한 번 만드는 활. 그 희소성으로 인하여 진귀하기 짝이 없다.
엘프들의 세상 밖으로 잘 나오지 않아 구경하기 힘들지만, 가끔 절친한 인간 친구에게 선물로 주기도 한다.
정령의 힘이 깃들어 있다.
제한 : 레벨 400. 민첩 1,000.
    직업 궁수 계열.
옵션 : 명중 확률 +40%.
    사정거리 +40%.
    매우 빠른 속도로 연사 가능.
    화살의 데미지에 정령의 공격력이 추가된다.
    정령과의 친화도 +5%.

한마디 말밖에 나오지 않았다.
'대박이다!'
무기로서는 최상급!
하이 엘프의 활은 모든 궁수들이 꿈에도 바라는 물건이었다.

빛의 탑

이현은 캡슐을 나와서 곧바로 아이템 거래 사이트에 접속했다.

-엘프의 활 삽니다.

-우드 엘프의 활, 다크 엘프의 활 가리지 않고 삽니다.

-좋은 활 어디 없을까요? 어디서 사야 되는지라도 알려 주세요.

-레어나 유니크 이상, 레벨 300대가 쓸 만한 활. 무조건 시세보다 높게 삽니다.

궁수 게시판에 들어가 보니 활을 사려는 사람들이 올린 글이 도배되어 있었다. 수요는 많은데 공급이 적으니 가격 또한 엄청나게 비싸다.

이현은 회심의 미소를 지었다.

"역시!"

하이 엘프 예리카의 활.

경매 사이트에 판다면 굉장히 높은 값을 받을 수 있으리라.

레벨 400대가 쓸 수 있는 무기. 연사 능력은 말할 필요도 없고, 뛰어난 공격력과 긴 사정거리까지 고루 갖추고 있다. 거기에 엘프의 무기였으니 활로서의 장점은 다 가진 셈이다.

"적어도 2달, 3달은 저축하고 먹고살 수 있을 정도의 돈이 생길 거야."

이현은 신이 났다.

하지만 충동적으로 경매 사이트에 바하란의 팔찌와 예리카의 활을 등록하진 않았다.

유니크 아이템은 언제라도 현금으로 바꿀 수 있는 수표라고 해도 과언이 아니다. 그렇지만 아이템을 판매하는 것은 그만한 대가가 따르는 일이다.

"남들 좋은 일만 할 수는 없지."

좋은 아이템을 착용하는 목적은 궁극적으로 더욱 강해지기 위함!

남들보다 빠른 성장을 위해서라도 당분간은 자신이 써야 했다.

대신 이현은 벌떡 자리에서 일어났다.

"이렇게 기분 좋은 날에는 가만있을 수 없어."

이현은 그대로 대형 마트로 향했다.

대형 마트는 백화점식으로 지어진 무려 5층의 건물에, 장을 보러 온 손님들로 북적이고 있었다.

평소에는 이런 상황을 매우 냉소적으로 보던 이현이었다.

'겉으로는 할인 마트를 표방하고 있지만 값이 싸진 않지.'

평상시의 이현은 절대로 대형 마트를 이용하려고 하지 않았다. 일반적으로 야채나 채소류의 값은 엄청나게 비싸다. 고기나 계란과 같은 용품들도 재래시장과 비교할 바가 아니었다. 그나마 싼 품목이 있다면, 1개를 사면 1개를 더 주는 행사 품목들.

'그래도 무턱대고 사다 보면 쓸모없는 것들투성이야. 평소보다 가격을 올려서 팔 때도 많고.'

믿을 놈 하나 없는 세상이다.

할인점이라고 해서 이것저것 사다 보면 오히려 예산을 초과하는 경우가 많다. 구매가 편리하다는 장점은 있어도, 따지고 들면 재래시장만큼 돈이 절약되지는 않았다.

그런 할인 마트에 이현이 온 것이다.

이현은 카트를 끌었다.

"좋아. 쇼핑이다!"

대박 아이템을 건진 기념으로 하는 쇼핑!

평소라면 상상도 못 할 물건들을 주워 담았다. 값이 싸고

양이 많은 물품들 대신에 브랜드에 신경 썼다.

"초코 파이는 쫀득쫀득하니까 두 상자. 아니, 세 상자는 사 둬도 괜찮을 테지. 세 상자. 후후. 확 네 상자 사 버릴까?"

이현은 잠시 갈등하다가 고개를 저었다.

"아니야. 물론 충분히 네 상자를 살 수 있지만, 혹은 다섯 상자를 사도 괜찮지만 구태여 그럴 필요까진 없어. 후후후후! 과자는 새우깡이 맛있지."

그러면서 식료품들도 구입했다.

식용유 대신에 가격이 2배나 비싼 올리브유!

소금도 대형 포장된 싸구려가 아니라 따로 통에 담긴 것을 샀다. 무려 200원이나 더 비싼 소금을 사면서 느끼는 뿌듯함!

"역시 인생은 럭셔리 프리미엄이야."

차은희는 얼마 전부터 서윤의 플레이 영상을 하나도 빠짐없이 놓치지 않고 보고 있었다.

"부럽다. 나도 저런 모험을 즐길 수 있다면 좋을 텐데."

그녀는 나름대로 위드에 대해서도 조사를 해 보았다. 워낙에 인터넷에 유명한 인물이라서 별로 어렵지도 않았다.

예전부터 이름은 들어 알고 있었지만, 보다 심층적으로 면밀한 조사를 해 본 것이다. 마법의 대륙에서의 믿기지 않는 기록들과, 로열 로드에서 벌인 퀘스트에 대해서 살폈다.

정보를 알아보기 전까지만 해도 차은희는 냉소적이었다. 어쩌다 운이 좋아서 유명해지는 사람쯤은 널린 세상이다.

"위대한 유저라… 명성이란 쉽게 거품이 끼기 마련일 뿐이야."

까다로운 노처녀답게 직접 눈으로 보지 않은 것은 인정하고 싶지 않았다.

그러면서 동영상과 퀘스트에 대한 정보들을 찾아냈다. 진혈의 뱀파이어, 피라미드 제작, 장안의 화제가 되었던 절망의 평원 전투!

차은희도 로열 로드의 마니아였다. 그렇기에 더욱 열광했다.

"위드. 정말 마음에 드는 모험가인데."

노가다에 대한 열정!

퀘스트를 해결하기 위해서 보여 주는 끈기 있는 모습들은 차은희도 흠뻑 빠져 들게 만들었다.

위드의 모험들은 대단한 것들이 많다.

진혈의 뱀파이어족이나 절망의 평원 전투 등은 여간해서는 경험하기 힘든 퀘스트들이긴 했다. 하지만 그렇다고 해서 베르사 대륙의 중요 퀘스트들을 독식하고 있는 것은 아니었다.

왕국 탐사대의 정글 탐험.

새로운 유적과 던전을 발굴하는 모험가들.

귀족의 의뢰를 받아 마굴을 퇴치하기도 한다.

 신왕국을 개척하던 시기에는 아찔한 모험들이 셀 수도 없었다. 요즘도 모험과 퀘스트는 베르사 대륙을 구성하는 중요 요소 중의 하나다.

 하지만 위드의 모험에는 남들에게서는 느낄 수 없는 특별한 게 있다.

 차은희는 알 수 있었다.

 "목표가 정해지면 차근차근 노력하는 거야. 그리고 어떤 돌발적인 상황에서도 혼신의 힘을 다하지. 그리고 모든 것을 던져 버리는 열정. 그게 사람들을 흥분시키는 거야."

 무수히 많은 퀘스트들이 실패로 돌아간다. 난이도가 어려운 의뢰일수록 실패 확률도 그만큼 높다. 위드도 인간인 이상 실패는 얼마든지 있을 수 있다.

 그런데 사람들은 그의 퀘스트를 보면서 빠져 든다.

 위드 특유의 예상치 못하는 행동이 있다. 기존에 가지고 있던 레벨이나 전투 스킬을 이용해 퀘스트를 해결하는 대부분의 사람들과는 달리, 참신한 무언가를 보여 준다.

 그 흥미진진함과 긴장.

 오크와 다크 엘프 들을 지휘하면서 보여 주었던 열정.

 놀랍다는 말로도 표현되지 않을 정도의 동작과 기술을 보여 주는 전투 능력, 어떤 의뢰에도 부딪치는 도전 정신 등이 사람들을 매료시켰다.

"인기를 끄는 데에는 이유가 있었던 거야. 과거 마법의 대륙에서 절대적인 존재였던 그가 로열 로드에서도 새로운 기록을 써 내려가고 있다. 사람들은 즐거워하고, 좋아할 수밖에 없어."

차은희는 인정해야 했다.

본 드래곤과 위드의 전투 장면을 몇 번이나 돌려 봤는지 모른다. 대부분의 사람들이 최소 십여 회 이상은 보았으리라.

그러면서 위드는 더욱 유명인이 되어 가고 있었다.

그런데 차은희는 캡슐에 저장된 서윤의 영상을 보면서 깜짝 놀라고 말았다.

-친구…….

단 두 음절에 불과하였지만 서윤이 드디어 입을 연 것이다. 누구에게도 사랑받지 못한다고 자학하고 있던 그녀가, 위드와 헤어지고 싶지 않아서 침묵을 깨 버렸다. 하지만 그 후에 위드가 말을 걸었을 때에는 아무 대답도 하지 못했다.

서윤은 말을 하고 싶지 않았던 게 아니었다.

"너무 오래 말을 하지 않아서, 대답도 하지 못했구나."

차은희는 애처로움을 느꼈다.

서윤은 너무 긴 시간 동안 누군가와 대화를 나누는 법을 잊고 살았다. 누가 말을 걸어서 이야기를 한다는 자체가 어색해서, 당황만 하다가 아무 말도 하지 못했다.

유로키나 산맥에 온 이후 유린은 페일이나 이리엔, 로뮤나의 사랑을 듬뿍 받았다.

'위드 님의 여동생이니 잘 보여야지.'

가족이 될지도 몰랐으니 화령도 각별히 유린을 아꼈다.

그러면서도 유린이 파티에 가입하는 것은 다들 회의적이었다.

페일이 머리를 긁적였다.

"여긴 너무 위험한데… 유린아, 우리랑 같이해도 괜찮겠어?"

화령도 자존심에 상처를 받지 않도록 조심스럽게 말했다.

"저기… 우리도 유로키나 산맥에서 사냥을 하는 게 쉽진 않아. 솔직히 몬스터들이 한꺼번에 몰리거나 하면 우리도 가끔 죽거든. 차라리 내가 도와줄 테니 초보들이 있는 장소로 갈까?"

유린은 잠시 생각하더니 고개를 저었다.

"아니에요. 힘들어도 같이할게요."

"우린 상관없지만 위험할 텐데……."

"안전한 곳에서 구경할게요. 몬스터들의 그림도 그리면서요."

"그래. 그러면 그렇게 해. 위험하면 언제든 말하렴. 우리

가 지켜 줄게."

"네."

유린은 그림 그리는 도구를 꺼낸 뒤에 공터에 앉았다.

잠시 후, 페일이 몬스터를 화살로 끌어왔다.

샤샤샤샥!

유린의 연필이 빠르게 도화지 위에서 움직여 갔다. 흉악한 오우거가 달려오는 것을, 그대로 재현하듯이 그려 냈다.

띠링!

-그림 그리기 스킬을 사용하셨습니다.
오우거를 그리셨습니다.
대성공!
오우거에게 이름이 부여됩니다.
더욱 잔인해진 오우거 트롬펜!

-그림 그리기의 숙련도가 향상되었습니다.

오우거가 이름을 가진 네임드 몬스터로 진화했다.

이름을 가진 몬스터는 20% 이상 강해진다. 하지만 더 많은 경험치와 아이템을 떨어뜨리기 때문에 일부러라도 찾아다니는 편이다.

화가들이 가진 스킬인 그림 그리기의 숨겨진 효과!

"오오, 네임드 몬스다!"

"수르카, 강한 마법을 준비할 테니 덤벼들어서 시간을

끌어!"

"알았어, 언니."

일행은 트롬펜과 맹렬히 싸웠다.

그사이에 유린은 트롬펜을 그린 도화지 위에 낙서를 했다. 흉악한 오우거의 얼굴에 번듯한 수염을 그리고 상처를 만들어 주었다. 안경과 함께 책을 들고 있는 모습도 연출했다.

> -낙서하기 스킬을 사용하셨습니다.
> 오우거 트롬펜이 게으르고 온화한 성품으로 변합니다.
> 트롬펜은 옆구리에 있는 상처로 인해 고통스러워합니다. 상처가 있는 부위는 그의 중요한 약점이 될 것입니다.

유린은 직접적인 전투에는 가담하지 않았지만 그림으로 상당히 도움이 되었다. 고깔모자를 깊숙하게 눌러쓴 채로 묵묵히 그림을 그리는 그녀의 자태는 꼭 껴안아 주고 싶을 정도로 귀여웠다.

하지만 그녀가 그리는 그림은 상당히 살벌했다.

숲의 제왕이라고 할 수 있는 오우거가 토끼에게 맞고 있는 광경.

머리가 3개 달린 뱀은 꼬치에 꿰여서 노릇노릇 구워진다.

그림을 그리고 있는 유린을 보면 예쁜 소녀지만, 그 실체는 잔인하기 짝이 없었다.

인권 유린!

페일은 미미하게 고개를 끄덕였다.

'역시 위드 님의 동생이야.'

유린에게도 위드의 피가 흘렀다.

시청률이 더욱 급등하여 완전한 독주 체제를 갖추게 된 베르사 대륙 이야기.

신혜민과 오주완이 진행하는 이 프로그램에서는 전문가들 사이에 난상 토론이 벌어졌다.

"며칠 전까지만 해도 성이나 마을을 차지한 주인은 모두 전투 계열 직업들이었습니다."

"대중적인 워리어나 기사, 전사 등이 주로 성의 주인이 될 수 있었죠. 마법사도 몇 명 있지만, 그 숫자가 많진 않습니다."

"사람들, 세력을 이끌기 위해서는 아무래도 직접 싸우는 직업이 좋으니까 말입니다."

"하지만 처음으로 게르돈이라는 대장장이가 밀리암 요새의 성주 자리에 올랐습니다."

거기서부터 베르사 대륙의 전문가들은 목에 핏대를 세웠다.

"이해할 수 없는 일입니다."

"도무지 납득할 수 없어요."

"우연의 일치일까요? 아니면 무슨 특별한 의미가 있는 걸까요?"

게르돈이 성주에 오르고 나서부터 밀리암 요새 주변에 변화가 생겨났다.

마을의 주민들이 쇠를 다루는 대장일에 대하여 관심을 가졌다. 주민들은 금속에 대해서 이야기하고, 퀘스트도 그와 관련된 것들을 내었다. 제련 재료를 구해 달라거나, 아니면 특수한 무기를 제작해 달라는 식이다.

기존에 대장장이들의 퀘스트는 제한적이었다. 대도시에 있는 대장간이 아니라면 여간해서는 의뢰를 받기 힘들다. 대장장이의 특성상 초보 때에는 명성이 낮아 의뢰를 받기도 힘들었다.

그 때문에 거의 퀘스트를 하지 않고 스킬 숙련도를 올리면서 물건을 찍어 내는 것이 대장장이들의 일과였다.

하지만 밀리암 요새에서는 아주 기초적이긴 하지만 퀘스트들이 발생하고 있었다. 보상도 수고에 비해서는 제법 쏠쏠한 편이었다.

어차피 만들어야 할 무기나 방어구 들이다. 의뢰를 통해 만들면서 적절한 보상도 받을 수 있고, 명성도 키울 수 있다. 의뢰자의 주문에 따라서, 처음 시도하는 방식의 무기들은 더욱 많은 숙련도를 올려 주기도 한다.

원래 열악하던 대장장이들의 의뢰에 비한다면 꽤나 할 만

한 수준이었다.

이용한이 무겁게 말했다.

"대장장이들을 우대해 주는 변화들. 어쩌면 이것은 성주의 직업 때문이 아닐까 싶습니다."

"직업요?"

한길섭이 눈을 크게 떴다.

그건 정말 보통 일이 아니기 때문이다.

"예. 저의 추측으로는 게르돈이란 대장장이가 성주에 오르면서부터 밀리암 요새의 대장일 관심도가 높아진 것입니다."

"그렇다는 말씀은……."

전문가들이 눈을 찡그렸다.

"역시 성주의 직업이 영향을 미친다는 이야기."

결론은 한쪽으로 모이고 있었다. 그렇지 않다면 현재의 상황을 납득할 수 없기 때문이다.

신혜민이 이용한을 향해 조심스럽게 물었다.

"그렇다면, 대장장이가 성주라면 구체적으로 어떤 변화들이 생겨날 수 있을까요?"

"아직은 초기라서 단정 지어서 말씀드리기 어렵습니다."

이용한은 잠시 뜸을 들이면서 머릿속의 생각들을 정리했다. 그러고 나서 말했다.

"우선 기술 발전도가 다른 곳들보다 조금은 빨라질 수 있을 것 같습니다. 양질의 대장간들이 많이 세워지고, 그럼에 따라 무기점이나 방어구점에서 판매하는 물품들의 질이 좋아지겠지요."

"그 말씀은, 밀리암 요새가 대장일에 특화될 거란 뜻인가요?"

"그렇지는 않겠습니다. 다만 현재까지 입수된 정보로 미루어 볼 때, 표준보다는 약간 더 대장장이와 관련된 분야에 긍정적인 효과가 생기는 것 같습니다. 기존에 전사들이 성주로 있던 곳에서는, 병사들을 마법사보다 전사로 키우기가 쉬웠습니다."

신혜민이나 전문가들은 고개를 끄덕였다.

성주가 워리어라면 성의 병사들의 체력과 맷집이 다른 곳보다 뛰어났다. 그리고 마법사라면 마법력이 조금 늘었다.

아직까지는 전투 계열 직업들에게만 관련이 있는 줄 알았는데, 대장장이에게도 비슷한 영향력이 있었던 것이다.

위드가 다시 베르사 대륙으로 돌아왔을 때에는 해가 저물고 있었다.

맑은 하늘에는 보석 같은 별들이 반짝인다.

하지만 위드의 속마음에는 먹구름이 끼었다. 거친 뇌성벽력이 치기도 했다.

텔레비전을 통해 베르사 대륙 이야기를 보았다.

"망할! 이 썩을 직업이 백작 자리에까지 악영향을 미칠 줄이야."

이놈의 직업에 대한 원망과 한탄은 사라질 수가 없었다.

예술가들의 도시 로디움.

실체는 거지들로 들끓는 도시였다.

위드가 다스려야 하는 모라타도 나중에는 그러한 꼴이 나지 않는다고 누가 장담할 수 있겠는가!

높은 세율의 착취!

모라타 주민들을 쥐어짜 내서 많은 세금을 뜯어낸다.

병사들을 소집하여 몬스터들을 퇴치하고 거기서 나오는 아이템과 돈을 독식하는 것!

악덕 군주야말로 위드의 진정한 꿈이었다.

"솔직히 평화니 뭐니… 다 필요 없지. 나만 배부르고 등 따뜻하면 되는 거지!"

위드는 독재자가 되길 원했다.

하지만 모라타는 상인들이 많이 찾아오는 대도시가 아니다. 접경지대의 유명한 요새들처럼 사냥터가 많이 개발된 장소도 아니었다.

"그래도 백작인데 어느 정도는 돈이 들어오지 않을까? 지역 정보창!"

위드는 백작에게 허용된 명령어를 이용해 정보를 확인했다.

모라타 지역

니플하임 제국에 소속되어 있던 지방.
과거에는 황후를 배출하였을 정도로 영화를 누리던 곳이지만, 현재는 그 흔적을 찾기가 매우 어렵다.

군사력 : 20 경제력 : 90
문화 : 120 기술력 : 190
종교 영향력 : 80 도시 발전도 : 62
치안 : 98%

병사와 기사가 존재하지 않음. 자경대조차도 만들어져 있지 않지만, 1년 동안 프레야 교단의 약속된 보호를 받고 있다.
정상적인 건물이 많지 않다.
주민들의 생활은 피폐함.
상인들이 방문한 지가 매우 오래되었다.
신속하게 주민들의 삶을 개선시켜 주어야 할 필요성이 있음.
축제와 조각품들이 주민의 삶을 행복하게 해 주고 있다.
무자비한 현실을 잊기 위하여 주민들은 더 많은 문화시설을 필요로 함.
과거부터 재봉 산업의 기술들이 면면히 이어져 내려오고 있다.
지역 신앙으로는 프레야를 믿고 있다. 주민들의 믿음은 쉽게 변하지 않을 것으로 보이며, 차후 신앙의 중심지로 떠오를 가능성이 있다.
특산품 : 가죽과 천.
영토 전체 인구 : 7,863.
1달 세금 수입 : 2,300골드.
마을 운영비 지출 내역 : 군사력 20%, 경제 발전 20%, 마을 보수 45%, 프레야 교단에 헌금 15%.

대략적인 정보로는 암울 그 자체였다.
"이건 로자임 왕국의 바란 마을 수준도 되지 못하잖아!"

몬스터들이 침략했던 로자임 왕국의 남부 마을!

하기야 뱀파이어들에 의하여 폐허로 변했던 것이 얼마 되지 않으니 발전도를 바라는 자체가 무리였다.

위드는 금세 후회했다. 보통 잘못했다는 후회가 아니라 뼈저린 후회였다.

"역시 소금을 200원이나 비싼 걸 산 게 잘못된 거야. 그래서 내가 벌을 받는 거야."

군사력과 기술, 산업을 발전시키려면 많은 액수의 돈이 든다. 수십만 골드, 수백만 골드를 써야 모라타를 다른 곳 부럽지 않은 발전된 도시로 만들 수 있으리라.

하지만 위드에게는 그럴 여유도 시간도 없었다.

"다크 게이머에게 직위는 사치일 뿐이야."

베르사 대륙의 시간으로 칠십육 일이 지나면 밤의 귀족들의 왕국 토둠으로 가야 한다. 게다가 얼마 후면 대학에 입학해야 했다.

마을을 다스리고 발전시켜서 명예와 부를 얻는 것! 이는 쉬운 일이 아니다.

"그렇다고 해서 이대로 내버려 둘 수도 없고… 뭔가 하긴 해야 하는데."

마을이 더 이상 몰락한다면 위드의 명성에도 악영향이 있을 수밖에 없다. 백작이란 직위는 혜택뿐만 아니라 무거운 책임도 있었던 것이다.

위드는 그만의 방식을 택했다.

모라타 마을 주변의 바위산들!
쌓여 있던 얼음들이 녹아서 바위의 표면을 드러내고 있었다.
위드는 자하브의 조각칼을 들고 그 산에 올랐다.
"몸으로 때우는 수밖에!"
극단적인 노가다!
위드는 낮도 밤도 잊고 조각품을 만들었다.
해가 떠오르고 있을 때에는 바위에 남자들을 조각했다. 건장한 체구의 사내들이 창과 검 같은 무기를 들고 춤을 추었다.
달이 떠오를 때에는 여자들을 조각했다.
위드는 거기서 그치지 않았다.
"달빛 조각술!"
스스로 빛을 발산하는 조각사의 고유 스킬.
동일한 조각품이라고 해도 달빛 조각술을 사용하면 난이도가 훨씬 올라간다.
쩌저적!
가녀린 팔을 표현하기 위해 심하게 깎아 낸 바위들에 금이 갔다.

과거에 조각했던 바위들과는 달리 단단하지 않고 무른 편이었다. 그렇기에 조각품들을 온전한 모습으로 유지시키기 위해서는 재질에 대해서도 세심하게 신경을 써야 했다.

서윤.

그녀 한 사람을 만들 때와는 달랐다.

다양한 사람들이 취하는 서로 다른 동작들, 춤을 추고 있는 모습들은 조각하기가 굉장히 어려웠던 것이다.

한쪽 다리를 들고 춤을 추는 여자들.

긴 창을 휘두르고 있는 사내들.

부서지기 쉬울 수밖에 없다.

실패작들이 나오는 것도, 달빛 조각술이 숙달되지 않은 이상 어쩔 수 없는 일이었다.

"실패하는 것들은 어쩔 수 없다."

위드는 과감하게 손실을 감수했다. 하지만 그만한 가치는 있었다.

웃통을 벗은 남자들이 모닥불을 돌며 용맹을 뽐낸다.

여인들도 도발적이고 관능적인 춤을 춘다.

그녀들의 생기에 찬 춤!

추억이 되어 버린 모라타의 밤 축제를 그대로 재현한 것이다.

조각상들은 열흘가량에 걸쳐서 완성되었다.

-만드신 조각품의 이름을 정해 주십시오.

위드는 미리부터 생각해 두었던 나름대로 고상한 이름을 말했다.

"모라타의 하룻밤."

어쩐지 어릴 적에 보았던 비디오를 떠올리게 만드는 제목!

상당히 심사숙고해서 지었지만 위드가 떠올리는 이름들에는 한계가 있었다.

-모라타의 하룻밤이 맞습니까?

"그래."

띠링!

달빛 조각 명작! 모라타의 하룻밤 상을 완성하셨습니다!
사람들의 춤을 표현한 작품!
열정으로 가득한 춤은 경악을 금치 못할 손재주를 가진 이에 의하여 탄생되었다.
다만 아쉽게도 조각품 몇 개는 만들어질 때부터 파손되어 있다.
미완성의 조각품.
명성이 뛰어난 조각사답지 않은 실수임에는 틀림없다.
하지만 조각사의 무궁무진한 발전 가능성을 감안한다면 이 작품은 사람들에게 두고두고 회자될 것이다.
창조적이고 예술성이 높은 조각사는 달빛 조각술이라는 잊힌 기술을 습득하고 복원해 냈다.

이 작품은 대륙의 조각 역사에 이름을 남기게 될 것이다.
예술적 가치 : 뛰어난 조각사 위드의 작품.
　　　　　6,300.
특수 옵션 : 모라타의 하룻밤 상을 본 이들은 생명력과 마나 회복 속
　　　　　도가 하루 동안 15% 증가한다.
　　　　　생명력 최대치 30% 상승.
　　　　　전 스탯 10 상승.
　　　　　조각상의 주변에서는 요리사와 댄서, 바드의 스킬이 한 단
　　　　　계씩 올라감.
　　　　　다른 조각품과 중복 적용되지 않음.
지금까지 완성한 달빛 명작의 숫자 : 1

-조각술 스킬의 숙련도가 향상되었습니다.

-고급 손재주 스킬의 레벨이 4가 되었습니다. 도구나 손을 이용하는 능력이 추가로 8% 증가하며, 다양한 분야에 걸쳐서 영향을 주게 됩니다.

-조각품에 대한 이해의 스킬 레벨이 1 상승하였습니다.

-명성이 110 올랐습니다.

-예술 스탯이 5 상승하셨습니다.

-지구력이 1 상승하셨습니다.

–달빛 명작 조각품을 만든 대가로 전 스탯이 2씩 추가로 상승합니다.

"크ㅎㅎㅎㅎㅎ!"

위드는 음흉한 미소를 터트렸다.

고급 손재주 레벨 4!

스킬의 레벨이 오를 때마다 공격력이 8%나 오르고, 만들어 낸 장비들의 내구력도 향상된다.

남들보다 좋은 게 별로 없는 조각사에게는 금쪽같은 기술이었다. 모든 생산 스킬을 섭렵할 수 있게 해 주는 손재주의 성장 속도가 여타 직업의 2배라는 점이 유일한 낙이라고 할 수 있다.

로열 로드 평균 이하의 직업의 희망!

진정한 노가다를 가능해 주는 스킬!

손재주!

최근에 알게 된 사실이 있다.

조각술은 손재주를 빨리 올리게 해 주지만, 매번 그런 것만은 아니다. 다양한 경험들이 손재주의 한계를 넓힌다.

대장일을 비롯해서 생산 스킬도 연마하고, 약초를 캐낼 때의 조심스러운 손동작도 필요했다. 바느질을 할 때의 꼼꼼함이나, 내구력이 한계까지 하락한 검을 수리할 때의 신중함도 필요했다. 심지어는 마법사들이 수인을 맺을 때에도 손재주가 약간씩은 숙련도를 얻는다고 한다.

하나의 기술만 집중해서 한다면, 반복적인 행동으로 인하여 손재주가 성장하지 못하고 정체되고 마는 것.

그러므로 모든 스킬과 행동들, 다양한 경험들이 상승작용을 일으켜서 성장하는 스킬이 손재주라고 할 수 있었다.

다른 말로 표현하자면 노가다의 꽃!

노가다의 상징이나 다를 바가 없는 스킬이었다.

고급 손재주가 오를 때마다 위드는 순수하게 기쁨의 미소를 터트렸다.

"손재주가 또 늘었어. 노가다가 더 빛을 발했던 거야. 쿠헤헤헬."

주변에 보는 사람이 없으니 위드는 기쁨의 발광을 했다. 땅을 구르고 조각칼을 휘저으며 천박한 춤을 추었다.

"로또 1등에 당첨되고 나서도 평이하게 '암, 그렇군.' 하며 납득해 버리고 말면 인생의 재미가 없는 것이지."

저열하고 단순하게! 때로는 미친 인간처럼 환희를 표현했다. 이런 방식의 위안과 해소라도 없다면 매번 같은 일을 반복할 수 없다.

"204시간의 노가다. 하지만 그건 잘못된 방식의 오만에 불과했어."

위드는 멍청했던 지난날을 뼈저리게 반성했다.

잠도 제대로 자지 않고 밥도 먹지 않으면서 했던 노가다로 인해서 몸이 축났다. 노가다를 위해서는 몸부터 멀쩡해야만

한다.

"이번 달에 6,000시간 동안 노가다를 했다면, 그다음 달에는 6,001시간을 목표로 해야지. 진정한 노가다란 끊임없는 정진에 있는 거야."

돈만 많이 준다면 100년이라도 인형 눈을 꿸 수 있는 재능!

그렇지만 이번에 완성된 작품은 노력에 비해 성공적이진 않았다.

위드가 만들어 낸 것은 많은 조각품들이 모여서 이루어진 대규모 작품이었다. 그런데 중간에 몇 개의 조각품들이 실패작이 되어서 전체의 가치를 떨어뜨리고 말았다.

"그래도 아직 시간이 남아 있어."

위드는 그걸로 멈추지 않고 다른 바위들로 향했다.

토둠으로 가야 할 시간. 아직은 여유가 있었다.

그때부터 베르사 대륙의 시간으로 육십 일간 위드는 산에 있는 바위들을 마음껏 조각했다. 그 결과 십여 개가 넘는 걸작과 4개의 명작 그리고 1개의 대작을 완성해 냈다.

그러면서 조각술 스킬도 고급 3레벨로 올릴 수 있었다.

모험가들이 대규모로 모라타 마을 인근에 도착했다.

혹독한 추위로 인하여 발길을 들이지 않던 북부! 하지만

이제는 그 추위가 물러갔다. 더없이 상쾌한 공기와 하늘 그리고 몬스터와 모험으로 가득한 이 땅에 사람들이 몰린 것은 당연한 일이었다.

"마을이다!"

"지도상으로는 여기가 모라타 마을인 것 같아요."

"모라타 대공이 거느렸다는 마을!"

모험가들은 신기하다는 듯이 마을을 쳐다보았다.

북부에 있는 대부분의 마을들은 황폐화되어 있었다. 발전이 이루어지지 않아서 인구도 적고 치안 상태도 엉망이라, 몬스터들이 마을 안까지도 들어왔다.

마을 안이 아예 사냥터인 경우도 있었다.

인간들을 노예로 부려 먹으며, 마을에서 죽치고 있는 몬스터들!

"뭐가 튀어나올지 모르니 모두들 긴장을 놓지 마! 잭퍼슨, 선두에 서라."

"알았어. 트로이드, 치료를 부탁해."

5명으로 구성된 파티가 조심스럽게 마을로 다가갔다.

베르사 대륙에서도 제법 유명한 파티였다.

그들의 뒤에는 모험가들이 300명도 넘게 따라붙었다.

북부를 탐험하기 위해서 나선 사람들이다. 트로이드의 파티가 안전을 확인하고 나면 마을로 들어갈 생각인 것이다.

마침 아직 해가 완전히 떠오르지 않은 새벽녘이라, 사위가 어두컴컴했다.

 몬스터들의 능력이 최고조로 발휘되고 있을 시기!

 경계심을 가득 끌어 올린 트로이드의 파티와 모험가들이 마을의 경계선을 넘었을 때였다.

 "어서 오세요!"

 "우리 마을에 오신 것을 환영합니다."

 모라타 마을의 주민들이 일제히 마중을 나와 있었다.

 "모라타에서 나온 질긴 천을 팝니다. 옷으로 만들면 좋아요."

 "다 만들어진 여성용 가죽 옷. 체형을 예쁘게 살려 주고 방어력도 뛰어난 옷을 팔아요."

 주민들은 모험가들을 상대로 모라타의 특산품을 판매했다. 일부 소년들은 땅바닥에 앉아 나무를 깎는 모습이었다.

 트로이드가 얼떨떨해서 물었다.

 "저게 뭐지?"

 보통 마을들에서는 볼 수 없는 광경이었다.

 그 이유는 곧 밝혀졌다.

 마을의 귀염둥이 소녀 프리나가 소년들이 만든 조각품들을 잔뜩 들고 모험가들에게 왔던 것!

 "조각품 팔아요. 작은 꽃, 토끼, 사슴, 여러 종류가 있답니다! 고급 조각품도 있어요. 우리 모라타에서만 나오는 몬스터들, 늑대들을 조각한 것이랍니다."

어떻게든 돈을 벌기 위하여 애쓰는 주민들. 위드가 초창기에 했던 것처럼 조각품을 기념품처럼 나누어 주며 푼돈이라도 벌어 볼 작정이었다.

그리고 그들이 보는 마을의 공터에는 위드가 앉아 있었다.

"방어구들 팝니다. 만들어진 지 오래된 유물들이지만 역사와 전통을 자랑하는 니플하임 제국의 철제 갑옷과 옷 들! 고풍스러운 문양이 여러분의 품격을 올려 드릴 것이라 믿어 의심치 않습니다!"

위드는 방어구 옆에 검도 수북하게 쌓아 놓았다.

"검! 아무나 만들면 쇠붙이일 뿐이지만, 명장이 만들면 다릅니다. 니플하임 제국의 유서 깊은 대장장이들이 만든 명검! 검사님들, 이런 기회가 정말 흔치 않아요. 날이면 날마다 오는 기회가 아니야!"

니플하임 제국의 보물들. 하지만 세월이 많이 흘러 가치가 줄어든 골동품 무기와 방어구 들을 팔아 치우는 것이다.

"남자 분들, 이 검으로 사랑하는 여인을 지켜 주세요. 그리고 여자 분들, 이 옷들로 말하면 과거 모라타 대공의 셋째 딸이 무도회장에서 즐겨 입었을 것으로 추측되는 드레스인데, 남자들의 프러포즈가 끊이지 않았을 것으로 충분히 상상이 되는……."

위드는 있거나 말거나 이야기를 지어내면서 옷들을 설명하고 있었다.

"뭐야, 저 사람?"

"상인 같은데?"

"가 보자!"

모라타 마을에 있는 사람이라니 관심을 자아낼 수밖에 없었다.

모험가들은 녹이 슨 검과 먼지가 두껍게 쌓인 방어구들의 성능이 예상외로 좋은 것을 보고는 크게 놀랐다.

"뭐야, 이건."

"녹슨 장검이 이렇게 공격력이 좋다니! 원래는 대체 얼마나 명검이었던 거지?"

"저 검 주세요!"

"저는 저 드레스 주세요."

사람들이 몰려들었다.

유별나게 오래되었다는 점만 제외하면 성능은 괜찮았기에 서로 사려고 들었다.

"아저씨, 이 옷은 얼마예요?"

위드는 아저씨란 말을 들으면서도 환하게 웃었다.

가식적인 썩은 미소!

"3,600골드입니다."

"애걔! 중앙 대륙에서는 비슷한 옷을 3,200골드면 살 수 있는데… 그리고 이것들은 너무 오래되었잖아요."

가격을 알아본 사람들은 구매를 썩 내키지 않아 했다.

성능이야 괜찮지만 바가지였던 것!

오래된 물건이라서 내구력도 20% 이상 낮은 편이었다.

위드는 옷을 집어 들었다.

"아직 수선이 끝나지 않아서 그렇게 보이는 겁니다. 수리, 방어구 닦기, 다림질!"

헌 옷 수선!

재봉 스킬, 대장장이 스킬을 총동원했다. 낡은 옷의 가치가 원래대로 돌아갈 수 있도록 말이다.

물론 세월에 따라 노후한 것이기에 완전한 수리는 불가능했다. 아무리 빨래나 방어구 닦기를 해도 때가 잘 빠지지 않았다.

일반적인 아이템의 경우에는 수리를 하면 내구력이 원래대로 돌아오지만, 니플하임의 보물들은 달랐다. 이미 너무 긴 세월이 지나서, 수리를 하더라도 외형과 내구력의 한계가 크게 차이 나지는 않았다.

"좀 싸게 깎아 주세요."

"옷이 너무 허름하잖아요."

어떻게든 불만을 토로하면서 가격을 후려치려는 손님들!

위드는 조각술도 적극적으로 활용했다.

자하브가 평생을 사랑한 여인에게 가장 아름다운 조각품을 보여 주었던 조각술. 황제 게이하르 폰 아르펜이 대륙을 통일했던 조각술이 물건을 팔아먹는 데에 이용되고 있었다.

"원래 요즘 유행이 오래된 물건들을 다시 쓰는 것이죠! 이렇게 자연스럽게 낡은 물건들에서 나는 우아한 정취! 뭐든 원하는 걸 새겨 드리겠습니다."

검과 방어구에 조각술을 펼쳐서 아이템의 가치를 끌어 올렸다.

장비는 성능만이 아니라 자신을 드러내는 도구이기도 하다. 아무리 좋은 성능을 가지고 있더라도 후줄근하면 사람들이 잘 찾지 않는다.

멋진 조각이 새겨져 있는 장비는 더욱 선호되기 마련이고, 조각술로 약간씩의 스탯도 더해졌다.

"자, 자! 쌉니다, 싸요! 모라타에 오신 기념으로 새로운 장비를 맞춰 보세요! 이 모라타가 아니라면 북부에서 이런 장비를 구입하시기란 굉장히 어려울 겁니다. 기회는 순식간에 지나가는 법!"

위드는 입으로는 연방 속사포처럼 말을 쏟아 냈지만 손은 결코 쉬지 않았다.

"이 정도라면 살 만하겠는데?"

"나쁘지 않은 것 같아. 이런 장비는 상점에서는 구입하기 힘드니까."

"무게 좀 봐. 가벼워서 활동하기가 편해."

몇 명이 구입을 하니, 위드의 말이 은근히 바뀌었다.

"빨리 구입하지 않으면 기회가 없습니다! 자, 자! 예약 손

님들이 생겨나네요. 물량이 얼마 남지 않았으니 서두르세요!"
 한정된 물품이야말로 가치를 더욱 올려 주는 법이다.
 위드는 그렇게 성공적으로 방문자들에게 니플하임의 장비를 모두 팔아먹을 수 있었다.

 모라타 마을의 모험가들!
 그들의 특징은 한결같이 고색창연한 갑옷과 검을 착용하고 있다는 것이었다.
 묵은 때가 단단히 끼어서 알록달록한 옷과 더러운 갑옷 들!
 검에는 균열이 가 있어서 나무나 제대로 자를 수 있을지 의심스러운 지경이었다.
 그럼에도 모험가들은 모두 만족했다.
 "적당한 값에 좋은 장비를 잘 산 것 같아."
 "응. 내구력이 낮은 걸 빼면 나쁘지 않으니까."
 "수리석도 같이 샀으니 한동안 쓰기에는 부족함이 없겠군."
 위드는 사악하게도 내구력이 낮은 물품들을 판매하면서 일시적으로 내구력을 올려 주는 수리석까지 팔아 치웠던 것. 상점에서 파는 것보다 더욱 고가에 판 것은 물론이었다.
 빈털터리가 된 모험가들은 몸이 달았다.
 "나 이제 돈이 별로 없어."

"그럼 어서 사냥이나 하자."

"퀘스트는 받아야지."

모험가들은 각자 흩어져서 주민들과 이야기를 나누었다.

마을 밖에는 어떤 위험이 있을지 모른다. 주변 지역에 대한 정보를 모으면서 지형과 사냥터를 파악하는 것이 일반적이었다. 때론 아무도 들어가 본 적이 없는 던전에 대한 단서나 보상이 짭짤한 퀘스트도 얻을 수 있으니, 주민들과의 친밀도를 올리기 위해 노력했다.

다행스럽게도 모라타의 주민들은 모험가들에게 친절했다.

"저 마을 뒤에 있는 흑색 거성? 백작님의 성이지. 그런데 관리를 하지 않아서 가끔 몬스터들이 나온다고 해."

"마을의 동쪽에 있는 강물은 참 맑고 깨끗해. 눈과 얼음이 녹아서 흐르는 물이라 서늘한데, 자네들도 몸을 한번 담가 볼 텐가? 그 물에 목욕을 하면 매력적으로 보인다는 소문이 있던데."

"사냥터? 많지. 동서남북 어디로 가도 몬스터가 들끓는다네. 니플하임 제국이 망하고 나서 여긴 온통 몬스터 천지야! 그 몬스터들을 잡아서 가죽을 벗겨다 주면 섭섭하지 않게 사례를 하겠네. 꼭 좀 부탁하네. 어서 가죽을 구해 주게."

"서북쪽 로메인 산에는 예전에 유명했던 우렘 도적단이 있었지. 그들 때문에 상단들이 자유롭게 이동을 못 했어. 할아버지들은 좋은 천을 바치고 나서야 마차를 지나가게 할 수

있었다더군. 지금 로메인 산에는 아마 다른 몬스터들이 있을 거야. 그래도 그 몬스터들을 제압하고 우렘 도적단의 근거지에 간다면 좋은 천들을 구할 수 있겠지."

모라타의 특산품은 천과 가죽이었으니 그에 대한 퀘스트들이 많이 나오는 편이었다. 재봉용 재료들은 언제나 돈으로 바꾸기 쉬운 편이었기에 열렬한 환영을 받았다.

어떤 주민들은 말했다.

"마을 동쪽에 있는 바위산에 대해서 들어 봤는가? 그곳에는 위대한 작품들이 있어. 우리에게 긍지와 자신감을 심어 주는 조각품들."

"조각품들요?"

"저런. 아직도 보질 못했나? 한밤중에 보면 일품이라던데……. 위험하니 밤에는 가지 못하더라도, 아침에라도 보도록 하게."

모험가들의 호기심이 발동했다.

"대체 뭐가 있기에 주민들이 이렇게까지 이야기를 하지?"

"어디 가 볼까?"

모험가들은 주변의 지형도 익힐 겸 바위산이 있다는 곳으로 향했다.

수십만 개의 바위들이 쌓여 있는 산!

놀랍게도 그 바위들의 상당수는 자연적으로 만들어진 것이 아니었다.

바위에 조각이 되어 있다. 거대한 산의 규모에 비하면 일부에 불과하지만, 제법 많은 바위들이 형태를 이루고 있었다.

마을 주민들이 즐겁게 축제를 벌이는 조각품!

베르사 대륙의 교단들에 있는 성기사들을 상징화하여 새겨 놓은 조각상!

바위를 일렬로 높이 쌓아 올리고 각 층마다 섬세한 세공을 한 9층 석탑!

그 외에도 무수히 많은 조각품들의 행렬이 이어져 있었다.

모라타의 기원을 보셨습니다.
마을의 안녕과 발전을 위하여 세워진 탑!
무엇이든 만들 수 있을 정도로 손재주가 뛰어난 조각사의 정성 어린 손길이 그 가치를 크게 높였다.
생명력과 마나가 10% 늘어납니다.
마을의 생산력이 3% 증가합니다.
조각상 인근 몬스터들의 공격적인 성향이 감소합니다.

모라타의 전사들을 보셨습니다.
강인한 생명력과 투쟁 본능!
베르사 대륙의 몬스터들과 싸우는 전사들의 모습은 용기를 일으키기에 충분하다.
체력과 힘이 3% 늘어납니다.
몬스터에게 위축되지 않습니다.
강한 몬스터를 이길 때마다 명성을 얻을 확률을 증가시킵니다.

다양한 조각품의 효과들!

사냥에 상당한 도움을 주는 조각품들이 바위산에 잔뜩 있었다.

모험가들은 입을 떡 벌렸다.

"이렇게 많은 조각품들이 어떻게 이곳에 있지?"

"대체 어느 누가 이런 조각품들을 만들 수 있었을까?"

모두 경악을 금치 못하는 가운데 의문이 생겨났다.

건축물이나 작품들은 시간이 지날 때마다 조금씩 노후된다. 즉, 상식적으로 니플하임 제국의 유적지라면 이토록 멀쩡할 리가 없다.

조각을 한 지 얼마 되지 않은 것처럼 조각품들이 생생했던 것!

그것은 조각사가 이 조각품들을 만든 지 시간이 얼마 지나지 않았다는 걸 의미했다.

그러던 와중에 누군가가 한 사람의 이름을 떠올렸다.

"위드! 위드다!"

"조각사 위드?"

"맞아. 그가 아니라면 이런 노가다는 아무도 못 할 거야."

어느새 위드는 가장 뛰어난 조각사라는 명성 대신에 노가다꾼으로 소문이 나 있었다. 로자임 왕국에서 피라미드를 제작한 덕분이었다.

모험가들 중에도 위드에 대해서 들어 본 사람이 많았다.

"장비들을 팔던 사람이 위드였구나."

"로자임 왕국에서 볼 수 없었다더니, 여기서 조각품을 만들고 있었던 모양이야."

"거의 6개월 가까이 사라졌던 것치고는 조각품의 숫자가 좀 적은데?"

"그야 중간에 오베론 님이 이끌던 원정대에도 속해 있었잖은가."

"아, 그랬군. 그러면 그 방어구들과 검들은?"

"직접 만드는 모양이야."

원정대에 속해 있던 대장장이 트루만과 재봉사 카드모스를 통해서 위드에 대한 소문은 더 퍼졌다.

"조각사인데 대장장이 스킬과 재봉 스킬도 올리고 있다더군."

"하나만 해도 지겨운 작업을……."

"바느질에, 망치질에, 조각까지 하나 봐."

"진정한 노가다의 신이로군."

사람들은 그 끈기에 진심으로 혀를 내둘렀다.

몇 명은 의문을 제기하기도 했다.

"그런데 모라타 마을이라면 진혈의 뱀파이어족이 있던 곳이잖아. 전신 위드가 퀘스트를 했던 장소!"

"그러게."

"하필이면 왜 이곳에 조각사 위드가 있는 거지? 단순한 우연의 일치일까?"

"무슨 말을 하고 싶은 건가?"

"그냥 이름도 같고, 하필이면 모라타에 있었으니까……."

심각한 얼굴로 의혹을 제기하는 이들을 향해 대부분의 사람들은 피식 웃음을 터트렸다.

"말도 안 돼! 조각사 위드와 전신 위드가 동일인이란 소리를 하고 싶은 겐가?"

"원, 별생각을 다 하는군. 위드라는 이름은 흔하디흔하잖아."

"조각사에 재봉사에 대장장이가 설마 그 위드겠는가?"

"하긴. 직업 스킬들을 익히는 것도 바빴겠지. 그래도……."

"그런 말은 하지도 말게. 네크로맨서 바라볼로부터 불사의 군단과 싸우는 퀘스트를 받을 때 위드의 겉모습이 잠깐 비추었잖은가. 그땐 성기사용 갑옷을 입고 있었어."

사람들은 대장장이 스킬이 향상되면 무기와 방어구의 직업 제한이 사라진다는 사실을 잘 몰랐다. 아직 중급 대장장이들이 극소수였던 탓이다.

그렇게 치열한 논쟁이 벌어지려던 차에 금세 마침표를 찍는 이가 등장했다.

"난 전신 위드의 행적을 쭉 좇아 왔는데, 그가 최초로 나타난 것은 진혈의 뱀파이어들을 굴복시킨 모라타에서였고 당시의 직업은 성기사였어. 의심할 여지도 없는 일이지. 그

후로 특수한 퀘스트를 받아서 오크 카리취가 되었다가, 최근에는 네크로맨서로 전직했거든. 그러니까 자네들의 말은 모두 틀렸어."

"그 전쟁의 신 위드가 이 모라타 마을에 쭉 머물렀다는 증거도 없고, 무엇보다 저렇게 돈이나 밝히는 쪼잔한 인간일 리가 없잖아."

"흠. 그렇긴 하군."

"맞아, 맞아. 절대 동일인일 수가 없지."

의혹을 제기했던 이들은 입을 다물 수밖에 없었다.

단돈 1쿠퍼도 안 깎아 주는 치사함!

위드를 기억하는 이들은 절대 동일인이라고 여길 수가 없었다.

CTS미디어와의 전화 인터뷰에서 쪼잔한 면모를 상당히 보이기도 했지만, 그것은 모두 방송이기 때문에 작가가 그런 식으로 컨셉을 잡은 것으로 여겼던 것이다.

"위대한 전쟁의 신 위드!"

"베르사 대륙의 더위를 물리치는 데에도 결정적인 공헌을 했지."

"그럼. 북부 원정대가 고생을 한 건 사실이지만, 위드 님이 없었더라면 그 원정은 성공하기 어려웠을 거야."

"대륙의 은인이… 저런 모습일 리가 없어. 절대로!"

"어딘가 알려지지 않은 던전에서, 가공할 몬스터들과 자웅을 겨루고 있을 테지. 누구도 성공하지 못한 퀘스트를 수행하면서 말이야."

"사람들이 머무르는 곳은 피하는 은둔자인 그는, 이렇게 사람들이 많은 장소에서는 절대 찾을 수 없을 거야."

"맞아. 맞아."

그리고 이렇게 많은 이들에 의하여 미화되고 있었다. 설마 하니 위드가 돈을 밝히고, 지지리 궁상을 떨리라고는 상상도 할 수 없는 것이다. 예쁜 여자 연예인들은 화장실도 안 간다는 생각을 은연중에 하는 것처럼!

그러면서 모험가들은 각자 자신들에게 맞는 뛰어난 조각품들을 찾았다.

사냥을 하면 어떤 위급 상황이 생길지 모르는 일이다. 그런 상황에서 조금이라도 도움이 될 수 있도록, 자신들이 원하는 조각품들이 있는지를 살폈다.

게다가 모여 있는 다수의 조각품들 중에는 소위 말하는 최고의 옵션들을 가진 것들도 몇 개 있었다.

체력 회복 속도 증가!

생명력 회복 속도 증가!

마나 회복 속도 증가!

이런 옵션들은 사냥 속도와 직접적으로 관련이 있기 때문에 절대로 놓칠 수 없는 일이었다.

그렇게 조각품을 찾아다니던 와중이었다. 모험가들은 바

위산의 정상에 있는 탑을 발견했다.

아름다운 문양과 은은한 광채.

영롱한 빛 무리가 어려 있는 7개의 탑이었다.

빛의 탑을 보셨습니다.
절정에 이른 조각술로 만든 위대한 대작!
재능이 많은 조각사는 때때로 대륙을 열광에 빠뜨릴 만한 작품을 남깁니다.
빛의 특성을 최대한 활용하여 만들어진 이 탑은 밤이면 그 위대한 존재감을 더욱 드러내게 되리라.
생명력과 마나, 체력의 회복 속도가 25% 늘어납니다.
전 스탯 15 상승.
생명력과 마나 최대치 15% 증가.
이동속도가 20% 늘어납니다.
행운이 100 오릅니다.
신성 마법과 정령술의 위력이 커집니다.
조각상 근방에서는 어둠의 힘이 약화되어, 몬스터들을 강하게 위축시킵니다.
해가 지고 난 후에는 빛의 군무를 보실 수 있습니다.
빛의 조각술로 탄생한 빛의 군무 기간에는 조각품의 효과가 1.5배 증가합니다.

이것을 보고 사람들은 사냥을 떠날 수가 없었다. 해가 질 때까지 그 자리에 앉아서 기다렸다.

"빛의 군무가 무엇일까?"

"빛의 조각술? 그런 조각술도 있었나?"

"어쨌거나 조각품의 효과가 50%나 늘어난다면, 기왕이면 보고 가야지."

사람들은 같이 대화도 나누면서 느긋하게 시간을 때웠다.

그렇게 밤이 되었다.

칠흑처럼 어두운 밤.

하늘에는 구름이 끼어서 달도 별도 보이지 않았다. 그럼에도 탑들은 은은하게 빛을 발산하고 있었다. 빛의 보석으로 이루어진 등대처럼 주변을 밝히고 있는 것이다.

"예쁘네."

"조금은 몽환적인 것 같기도 하고……."

"뭐가 좋은지는 잘 모르겠는걸."

사람들은 생각처럼 조각술에 대해서 잘 알지 못하였다.

"그래도 평가가 높으니 괜찮은 거겠지."

"어. 꽤나 인정받는 조각품인 것 같아. 조각하기도 상당히 어려웠을 것 같고 말이지."

예술이란 아무 사전 지식 없이 그냥 보아서는 그 감흥을 느끼기 어렵다. 세계적인 거장의 조각품이라 하더라도 일반인이 보아서는 특별함도, 감동도 주지 못하는 경우가 많다. 거장이 주려고 하는 느낌을 받아들이지 못하기 때문이다.

그렇기에 빛의 탑을 보면서도 사람들은 그러려니 했다.

'심오한 예술 작품이겠지.'

'오, 굉장한 작품이야. 알아볼 수는 없지만······.'

'이런 게 조각품이구나. 조각품을 가까이에서 본 건 오늘이 처음이지만··· 가끔 데이트할 때 조각품이 많은 미술관에 가 보는 것도 나쁘지 않겠군.'

'그런데 바위산에 널려 있는 다른 조각품들과 비교해서 뭐가 다르지?'

빛의 탑.

7개의 탑들은 차갑고 오연한 달빛처럼, 엄숙하고 숙연한 분위기를 자아냈다. 영롱한 빛깔이 한없이 투명하고 맑았다.

그런데 갑자기 모라타 마을 위의 구름이 걷혔다. 그리고 달빛이 쏟아졌다.

달빛이 탑의 표면에 부딪쳐서 산란되었다. 미묘하게 어긋나게 깎인 탑의 경계 면들이 달빛을 흩뜨려 놓았다.

"아!"

누군가의 입에서인지 모를 탄성이 터져 나왔다.

7개로 이루어진 탑들이 빛을 분산시키고 집중시킨다. 작은 탑들에서 어우러진 빛들이 중앙의 큰 탑으로 모인다.

빛의 집중!

중앙 탑의 경계 면을 통해 반사된 빛들은 작은 탑들에로 돌아왔다.

빛의 환원!

작은 탑들은 더욱 다양한 각도로 빛을 흐트러뜨렸다.

일그러짐, 변화.

수없이 많은 빛의 광선들이 어두운 밤하늘을 수놓고 있었다.

탑들에서 생성된 빛이 점점 퍼져 나간다.

마침내 바위산 전체를 뒤덮은 빛들!

그 빛을 접한 조각품들이 따라서 광채를 뿜어내었다.

빛이 춤을 춘다.

구름이 움직일 때마다, 달의 위치가 바뀔 때마다 빛들이 춤을 추듯이 변화했다.

이것을 빛의 군무라고 표현하지 않는다면 무엇이라고 하겠는가!

가히 환상적인 광경이었다.

보통 조각술은 어떤 사물을 조각하여 직접적으로 그 형체를 보여 준다. 하지만 빛의 조각술은 그 형체들이 만들어 낸 빛 자체가 조각품이었다.

눈으로 볼 수 있지만 만질 수는 없는 조각 예술!

사람들은 그 자리를 떠날 줄 몰랐다.

위대한 조각사가 만들어 낸 빛의 탑!

"모라타에 굉장한 조각품이 있다."

"빛의 군무. 빛의 탑! 누구라도 한번 보면 매료되지 않을 수가 없는 아름다움이야."

"빛으로 만들어 낸 장관."

"지금까지 본 것 중에 가장 멋진 광경이었어."

"던전과 마굴에서 열심히 레벨을 올리시는 여러분! 이 빛의 탑을 보지 않으신다면 분명히 후회하게 될 것입니다."

소문이 베르사 대륙 전역으로 퍼져 나가는 데에는 긴 시간도 필요하지 않았다.

본래 평범한 것들 중에 조금 나은 것들은 이름이 알려지기 어려웠다. 하지만 위드라는, 나름대로 조각술에서는 명성을 가지고 있는 사람의 작품이다.

본인들이 큰 감동을 받았으니 더욱 지인들에게 알렸다.

로열 로드의 홈페이지를 통해서 '빛의 군무'라는 이름으로 동영상이 퍼지면서부터는, 어디에서도 모라타에 대한 이야기를 들을 수 있었다.

고된 생산직, 예술직 유저들은 위드에게 찬사를 바쳤다.

"진정한 조각사 위드."

"그의 섬세한 손길이 묻어 나온 곳에서는 인간의 욕망을 끊임없이 자극하는 예술 작품들이 튀어나온다고 하는군."

"그의 손길. 위드는 여인네들보다도 고운 손을 가지고 있다던데."

"그러니 그토록 뛰어난 예술 작품을 만들 수 있겠지."

바드들은 어느새 위드에 대한 찬양의 노래마저 부를 정도였다.

조각사 위드
가난하고 힘든 직업이지만, 그에게 굴레란 없었지
혼의 조각품
빛을 다스리는 조각사
오오, 아름다워라
그가 만드는 것은 무엇이든 작품이 되어 버려
엘프도 페어리도 노래하며 춤을 추는 장소
빛이 모이는 곳에서 전설이 시작되네

남들은 빛의 탑을 보며 감격하면서 울먹이기까지 했다. 하지만 위드에 대해서 잘 아는 사람들은 믿기 힘든 이야기였다.
"오빠에게 그런 섬세한 미적감각이 있을 리가 없는데……."
유린의 의심스러운 말에 화령이 되물었다.
"평소에 손재주가 뛰어나지 않아요?"
"네. 사과는 잘 깎지만, 그다지 뭘 만드는 걸 즐기는 편은 아니었거든요."

"그럼 대체 어떻게 만든 걸까요."

괜히 착한 페일이 고뇌에 빠졌다.

'우리가 위드 님에 대해서 착각을 했나?'

어쩌면 그럴 수도 있겠다 싶었다. 예술가들 특유의 섬세한 감수성을 오해했던 것이다.

'위드 님! 사실은 조각품을 진정 사랑했던 거야. 맞아. 조각에 대한 열의와 애정이 없다면 그렇게 아름다운 조각품들을 생각해 낼 수 없겠지.'

마음 약한 이리엔도 미안함에 눈물을 글썽였다.

'위드 님의 말을 듣고 정말 직업을 싫어하는 줄 알았는데… 만날 조각사에 대한 불평과 불만만 늘어놓으셨지만 그건 모두 진심이 아니었던 거야.'

제피는 씩 웃었다.

'위드 형님은 스스로를 자랑하는 걸 어색해하시는 분이지. 멋진 조각품들을 만들면서 성취감을 얻는다고 자화자찬을 늘어놓으시기보다는 행동으로 보여 주는 건가?'

화령도 자신이 본 위드가 틀리지 않았음을 알고 안심했다.

'참신한 발상과 새로운 창조는 뼈를 깎는 노력과 열정이 있어야 해. 풍부한 감성과 애정. 위드 님은 역시 정말 마음이 따뜻하신 분이야.'

위드가 빛의 탑을 만들 때의 일이었다.

처음에는 아무 생각 없이 평평한 탑을 만들려고 했다.

달빛 조각술!

그래도 극악의 난이도를 자랑하는 조각술이었다. 조각물 자체가 빛을 발산하기에 여간한 솜씨로는 도전할 엄두도 내지 못했다.

"젠장! 이놈의 조각술은 해도 해도 익숙해지지가 않아."

위드는 마구 짜증을 부렸다.

작은 조각품을 달빛 조각술로 만들 때에는 손의 느낌만으로도 어느 정도 윤곽을 그려 낼 수 있다. 하지만 그 대상이 너무나도 거대하게 바뀌다 보니 신경 써야 할 부분이 한두 가지가 아닌 것이다.

"망할 조각술!"

위드는 봉우리에 매달려 욕을 퍼부으면서 바위를 깎았다.

까마득한 높이에 대롱대롱 매달려 조각술을 펼쳐야 한다. 달빛 조각술 때문에 눈이 부셔서 눈물이 줄줄 흘러나왔다.

여기까지는 그래도 해 왔던 것이기에 참고 할 만했다. 특히 햇빛이 비칠 때에는 조각품의 빛도 약해져서 그럭저럭 버틸 만했다.

문제는 밤이었다.

모라타 마을 위에 환한 보름달이 떠올랐다.

달빛은 조각품을 더욱 빛나게 만들었다. 바위의 표면이 거울처럼 반짝이고 있으니 그 빛이 고스란히 반사되었다.

"이놈의 달빛 때문에 눈이 부셔서 조각을 할 수가 없잖아!"

위드는 바위산에 매달려서 온갖 짜증을 냈다. 매시간 달빛을 피하기 위해 슬금슬금 옆으로 움직였다.

그러면서 탑의 경계 면들도 점점 다른 각도로 깎였다.

집결

과거에 모라타 마을은 뱀파이어들이 살던 황폐화된 도시였다. 구멍 뚫린 지붕으로 눈이 두껍게 쌓이고, 거리에는 인적이라고는 찾아볼 수 없었다.

저주에 걸린 석상들만이 외롭게 있었을 뿐!

"여기가 바로 그 모라타구나."

"빛의 탑이 있는 장소!"

"북부를 여행하려면 빼놓지 않고 들러야 할 마을이지."

"몬스터들도 많아서 사냥하기에는 정말 좋아."

모라타에 찾아오는 여행객들이 하루가 지날수록 기하급수적으로 늘어나고 있었다.

"에고르 언덕 사냥 가실 분!"

"파이어 벌레 동굴에서 사냥할 마법사 구해요."

"퀘스트 '샤브리나의 손수건' 있습니다. 보상으로 최고급 손수건을 받을 수 있는 퀘스트예요."

"식량 삽니다! 유통기한 긴 걸로 일주일 치 파시는 상인분 없으세요?"

모라타 마을의 중앙 공터는 여행객들로 소란스러웠다.

북부의 얼음이 녹은 이후로 중앙 대륙에서 수십만 명의 여행자들이 움직였다. 그들 중 일부가 모라타로 찾아왔다.

모라타의 지정학적 위치는 북부의 중요 관문 중의 하나였다. 하지만 그래도 이토록 많은 여행객들이 몰려오리라고는 누구도 예상하지 못했다. 더군다나 모라타 마을에 진을 치고 머물면서 사냥을 한다는 것은 상상도 못 할 일이다.

그런데 빛의 탑이 모든 것을 바꾸어 놓았다.

경이로운 조각품!

빛의 탑의 아름다움에 여성 유저들이 먼저 찾아왔다.

"진짜 예쁘다!"

"안 왔으면 후회할 뻔했어."

동영상으로도 보았지만, 직접 바위산에 올라서 바라본 빛의 군무는 평생 잊기 어려운 광경이었다.

밤에 달빛이 비칠 때 보는 것도 좋지만, 저 평원 너머로 해가 떠오를 때의 변화는 이루 말할 수 없을 정도의 감동을 주었다.

"조각품이 이런 것이구나."

"전투력은 좀 부족해도 조각사라는 직업, 대단한 것 같아."

"그러게. 이런 작품들을 베르사 대륙에 남길 수 있잖아."

대번에 조각사들의 인기가 치솟았다.

바위산은 빛의 탑을 보기 위해 찾아온 여행객들로 인산인해를 이루었다. 여전히 여성 유저들이 많았지만, 남성 유저들도 상당수를 차지했다.

세상 어디에도 있다는 커플들!

여자들에 의해서 억지로 방문한 남자들도 있었지만, 현실적인 이유로 인하여 일부러 먼 길을 찾아오는 부류도 존재했다.

사냥에 목숨을 건 이들.

베르사 대륙에서 그 숫자는 전체의 10% 정도에 지나지 않지만, 주도적인 역할을 하는 이들이다.

"체력과 생명력, 마나의 회복 속도가 올라간다면 쉬지 않고 더 많은 몬스터들을 때려잡을 수 있지."

"확실히 빛의 탑 덕분에 사냥 속도가 빨라졌어."

"정령사세요? 빛의 탑은 보고 오셨어요?"

"어젯밤에 빛의 군무 보신 성직자 구합니다!"

빛의 군무.

조각품의 효과 덕분에 사냥 속도가 더욱 빨라지고 편해졌다. 그러므로 사냥을 하려는 이들은 모라타 마을의 주변을 떠나고 싶지 않게 된 것이다.

모라타 마을의 상징적인 조각품!

주변에는 이러한 조각품이 없었기에 상대적인 우위를 가질 수밖에 없었다.

프레야 교단의 영향도 있었다. 성기사들과 사제들이 있어서 원하면 아무 때나 축복을 받을 수 있고, 저주에 걸려도 해제하는 것이 쉬웠다. 중앙 대륙이라면 모르지만, 북부에 교단이 있는 곳은 모라타뿐이었다.

지속적인 사냥터 개발과 조각품의 효과, 사람들에 의해 퀘스트 정보들이 밝혀지면서 여행객들이 지속적으로 증가했다.

하지만 위드는 그것을 오랫동안 지켜볼 수 없었다.

뱀파이어의 왕국인 토둠에 가야 할 시간이 다가온 것이다.

"콜 뱀파이어 로드 토리도!"

"나를 불렀는가."

토리도는 어둠 속에서 검은 망토를 몸에 두르고 나타났다.

창백한 얼굴의 미남!

훤칠한 키에 기품이 넘쳤다.

위드는 그를 지그시 바라보았다.

"주인이라는 말을 붙이지 않다니, 많이 컸구나."

"그… 그게, 사흘 후면 나는 자유가 된다."

뱀파이어들의 왕국인 토둠!

그곳으로 가야 할 시간이 이제 사흘도 남지 않았다.

위드는 토리도에게 인생의 진리를 깨우쳐 주었다.

"원래 그 마지막 사흘이 3년보다 더 긴 거야. 마지막 사흘 동안에는 떨어지는 낙엽도 피해 다녀야 된다는 말이 있지."

"……."

"토둠에 대하여 자세히 말해 봐라."

위드는 우선 토둠에 대한 상세한 정보를 모아 볼 참이었다.

"토둠. 우리의 성지. 3개의 달이 뜨며 환락이 함께하는 곳."

"환락?"

"그렇다. 피와 함께 영생을 누리는 밤의 귀족들의 환락이다."

"그 외에는?"

"인간들의 유치한 기술력과 조잡한 문명이 아닌, 유구한 역사를 자랑하는 밤의 귀족들의 도시가 있다."

토리도는 토둠에 대하여 엄청난 긍지와 자부심을 갖고 있었다.

위드는 판단했다.

'뱀파이어 로드 토리도를 키워서 들어갈 수 있는 곳이니 범상하지는 않겠지.'

웬만한 노력으로는 가지 못하는 곳이니 특별한 무언가를 기대해도 좋으리라.

드워프의 왕국. 엘프들의 왕국. 모두 특색이 있었다.

드워프들의 왕국에서는 망치질과 풀무질이 그치지 않는다.

엘프들은 대자연 속에서 꽃과 나무를 가꾸고 정령들을 부린다.

 밤의 귀족들인 뱀파이어들에게는 고급스러움과 세련된 화려함을 기대해도 좋을 것 같았다.

 '게다가 아직 아무도 들어가 본 적이 없는 지역의 사냥터 그리고 퀘스트들을 독점할 수 있는 기회다.'

 뱀파이어 토리도의 말에 의하면 토둠은 인간들이 들어왔던 적이 없는 장소이며, 차후에도 들어오지 못한다고 했다.

 그렇다면 위드에게만 공개되는 지역!

 모라타의 퀘스트들도 탐이 나지만, 여행객들이 너무 많이 늘어나 있었다. 이런 상황에서는 간단한 퀘스트들도 수없이 많은 경쟁이 붙을 수 있다.

 사냥터도 사람이 늘어날수록 독점하기는 힘들다. 사람들이 많으면 그만큼 동료를 구하기는 쉽지만, 사냥할 몬스터들이 줄어드는 것이다.

 아직까지는 모라타에서도 사냥을 할 만한 편이었지만 위드의 마음에는 차지 않았다. 무엇보다 최초로 들어간 사냥터에서 주어지는, 일주일간 2배나 되는 경험치의 혜택을 무시할 수 없었다.

 위드는 더 많은 정보를 원했다.

 "그 뱀파이어 왕국에는 몇 명까지 데려갈 수 있는 것이지?"

 "상황에 따라 다르다."

"상황?"

"그렇다. 토둠에는 박쥐들을 타고 가야 되는데, 내가 불러올 수 있는 박쥐들은 총 20만 마리. 인간 1명에게 200마리 정도가 붙는다면 1,000명까지는 데려갈 수 있겠지. 하지만 물건들을 싣는다면 데려갈 수 있는 인간의 숫자는 많이 줄어든다."

"토둠에 가는 사람들의 제한은 없는가?"

"없다. 인간이라면 얼마든지 올 수 있다. 다만 죽음을 각오해야 된다."

"죽으면 어떻게 되지?"

"우리 밤의 귀족들은 시체 따위는 받아들여 주지 않는다. 즉시 인간들의 세계로 추방된다."

그 말대로라면 토둠에는 상당한 페널티가 있는 것이다. 한 번의 죽음이라도 겪는다면 마을에서 부활하지 못하고 즉시 쫓겨나야 한다는 이야기이니까.

'매우 위험하겠군.'

위드는 얼굴을 찡그렸다.

보통 일반적인 퀘스트나 사냥을 하면서 사람들이 자주 죽는 편은 아니다. 왜냐하면 먼저 수행했던 사람들로부터 나온 경험들이 있기 때문이다.

즉, 검증된 퀘스트나 이미 알려진 사냥터에서 사냥을 하는 경우에는 죽는 경우가 드물지만, 아무도 발길을 들이지 않은 장소의 위험성은 이루 말할 수 없다.

무엇이 나올지 모른다는 긴장!

예측할 수 없는 사태에 빠져 들 수 있다.

설상가상으로 와이번이나 금인이도 데려가지 못한다. 다시 되살아날 수 없는 이들은 토둠에 들어가는 순간 영영 빠져나오지 못하게 되기 때문이다.

'안전제일. 그리고 미칠 듯한 사냥과 정보 입수. 혼자서는 어렵다. 가장 믿을 수 있는 동료들이 필요해!'

위드는 페일에게 귓속말을 보냈다.

-위험하긴 한데, 토둠으로 같이 가시겠습니까?

위드의 제안을 받은 페일은 동료들에게 의견을 물었다.

"토둠. 뱀파이어 왕국이라고 합니다. 아직까지 미공개 지역이라 어떤 위험이 있을지 모르는데……. 위드 님이 같이 갈 사람을 찾습니다. 저는 갈 예정인데, 다들 어떻게 하시겠습니까?"

현재는 페일이 리더의 역할을 하고 있지만, 죽을 확률이 상당히 높은 모험을 해야 하기 때문에 동료들의 뜻에 맡기기로 했다.

메이런이 생각해 볼 것도 없다는 듯이 대뜸 답했다.

"저도 갈래요."

연인인 페일이 가니 따라가는 것은 당연한 일. 게다가 위드와 모험을 함께할 수 있는 기회이기도 했다.

'이번에는 놓치지 말아야지.'

사냥은 몇 번 같이했지만 위드와 함께 퀘스트나 모험을 한 적이 없던 메이런으로서는 진정으로 바라던 일이었다.

로뮤나와 수르카는 어떤 고민과 긴장도 없었다.

"언니, 갈 거지?"

"응, 가야지. 뱀파이어 왕국이면 아주 화려하겠지? 볼만할 것 같아. 이리엔, 너는 어떻게 할래?"

"나도 갈래. 성직자의 의무는 어떤 위험도 감수하는 거잖아."

뱀파이어 마니아인 수르카와 로뮤나!

그녀들은 흡혈귀에 대한 영화는 빠뜨리지 않고 보았다.

뾰족한 송곳니!

시커먼 망토!

그녀들은 앙증맞은 흡혈박쥐까지도 너무나 좋아하고 있었던 것이다.

이제 화령과 제피, 유린, 오크 세에취의 결단만이 남아 있었다.

제피는 당연히 의리를 따르기로 했다.

"저도 가겠습니다. 화령 님은 어떻게 하시겠습니까?"

화령은 페일로부터 이야기를 전해 듣자마자 이미 결정을 내렸다. 위드가 있는 곳이라면 어디든 따라가고 싶다. 북부 모험도 같이 가지 못해서 아쉬운 판에, 거절할 리가 없었다.
"저도 갈게요."
이제 일행의 시선은 유린과 세에취에게로 향했다.
연약한 유린의 경우에는 정말 많은 위험을 감수해야 하기 때문이다.
"가겠어요."
유린도 위드를 만나고 싶어서 토둠에 가기로 했다.
"취익! 나, 나도 간다."
세에취도 가기로 했다.
오크의 특성상 죽어도 피해는 크지 않다. 그렇다고 한들 몬스터에게 맞는 걸 좋아하는 이가 누가 있겠는가!
'하지만… 이번에는 맞아 죽더라도 가야 돼.'
세에취는 파티에 속해 있는 도중에 몇 차례나 서러움을 느꼈다. 연령대가 어린 페일의 일행 중에서는 은근히 노처녀로 분류되고 있는 것!
세대 차이!
이리엔이나 수르카가 따뜻하게 대해 줄수록 나이 먹은 서러움만 심해졌다.
'그래도 서윤이를 위해서는 선택의 여지가 없어.'
얼마 전에 서윤이 최초로 말을 했다. 하지만 그 후로는 다시 말을 하지 못하고 있다.

충동적으로 급작스럽게 말문이 트인 것이기에, 다시 정상적으로 말을 찾기 위해서는 시간이 필요하다. 서윤을 회복시키는 그 과정에 위드의 존재는 중요한 역할을 할지도 모른다.

그것을 위해서라도 세에취는 가야 했다. 그 또한 위드의 곁을 떠날 수 없는 중요한 이유였다.

요즘 들어 오크들을 등쳐 먹는 파렴치한 상인으로 성장하고 있던 마판!

마판은 언제나 말하고 다녔다.

"위드 님은 내 스승이나 마찬가지야."

돈 되는 손님 가려 받는 법.

착한 손님 바가지 씌우는 법.

물건을 팔 때는 필수적인 아부와 아첨.

돈에 대한 끝없는 욕심까지!

상인으로서의 기본기를 위드에게 배웠다. 심지어는 거울을 보며 썩은 미소까지도 연습할 정도였다.

마판도 뱀파이어 왕국 토둠행에 동참하기로 했다.

상인에게 새로운 지역이란 언제나 큰 이득을 의미한다. 독점적인 판로 구축이야말로 돈과 스킬, 명성을 얻을 수 있는 절호의 기회다.

다만 뱀파이어 왕국 토둠은 한 번밖에 갈 수 없어서, 상인으로서 큰 이문은 남지 않을 것 같았다.
"그래도 모험을 할 수 있는 기회야."
마판은 잊을 수 없었다.
유로키나 산맥에서 위드의 지휘 아래 오크와 다크 엘프들이 일사불란하게 몬스터와 싸우던 것을.
그때의 전투 결과에 따라서 위드가 투자한 수만 골드가 날아갈 수 있었다.
마판은 자신이 낸 돈이 아니었음에도 긴장이 되었다.
전투 상황이 불리하게 바뀔 때마다 아득해졌다.
리치 샤이어와 불사의 군단!
그렇게 어려운 적들이 줄어들고 전황이 뒤집어질 때마다 심장이 크게 뛰었다.
흥분과 긴장, 전율이 흘렀다.
마판은 다시 한 번 그러한 모험을 하고 싶었다.

검치, 검둘치, 검삼치, 검사치, 검오치.
그들은 페일 일행이 있는 곳보다 훨씬 깊숙한 유로키나 산맥 안쪽에서 검을 수련했다.
아침부터 저녁까지, 심지어는 새벽 내내 검을 휘두른다.
"우리는 검에 인생을 바쳤다. 검을 얻으면 여자와 만날 기회가 생긴다."
검둘치의 다부진 말 속에는 절박함이 가득 담겨 있었다.

검과 더불어 살아온 인생.

후회는 없다.

다시 살더라도 검의 길을 걷고 싶다. 하지만 아쉬웠다. 스스로를 돌아보니, 육체는 강해졌지만 마음 둘 곳이 없었다.

검치가 말했다.

"집에 백 자루의 명검이 있으면 무엇 하겠느냐. 어떤 검도 내가 먹을 밥을 해 주진 않고, 오붓하게 같이 늙어 가지도 않는다."

검을 버리는 것이 아니다. 검을 통해서 여자를 만날 수 있다. 강해질 수만 있다면!

자칫하면 노총각으로 평생 늙어 죽을 판이었던 검치를 비롯한 다른 사범들은 밤새도록 검을 휘둘렀다.

무예인!

모든 종류의 무기를 다룰 수 있는 직업이었다.

검의 내구력이 다해서 부서지면 그때 사냥을 했다. 그리고 몬스터에게서 나온 무기를 휘둘렀다.

먹을 것이 있으면 먹고, 그마저도 없으면 그냥 굶었다.

"배가 고프면 정신이 더욱 빛나는 법이지."

검치와 검둘치, 검삼치 등의 정신력은 막강했다. 현실에서도 사흘 정도는 단식을 하면서 수도를 할 정도였으니 허기짐 따위는 문제가 아니었다.

'어떻게든 빠르게 강해져서 여자들에게 인기를 얻어야

겠어.'

'유니크 아이템에 명성! 그러면 여자들의 관심을 받을 수 있겠지.'

'지켜 주고 싶다. 보살펴 주고 싶다. 여자와 사귀고 싶다!'

다분히 사심으로 가득한 생각을 하면서 검을 휘두르고 있었지만 검치 들은 진지했다. 땀이 비 오듯이 쏟아지지만 아무도 그만둘 생각을 하지 않았다.

끊임없이 몰두하고 집중했다.

하루에도 10만 번씩 검을 휘둘렀다.

사냥을 열심히 하는 이들이라고 해도, 만 번도 무기를 휘두르진 않는다. 강한 스킬에 의존하기도 하고, 체력이 어느 정도 소모되면 휴식을 취하기 때문이다.

몬스터가 모이는 장소로 이동하는 시간도 있고, 동료를 구하는 데에 소모되는 시간도 상당하다. 동료들과 대화를 나누면서 놀기도 하니 실제 전투를 하는 시간은 생각처럼 길지 않았다.

하지만 검치 들에게는 이 또한 투쟁이었다.

스스로와의 싸움!

하루에 10만 번 검을 휘두르기로 하였으면 검을 휘두른다.

어떤 자기 합리화도 필요하지 않다.

목표를 설정했으면 오직 실천할 뿐이다.

복잡한 계산을 하면서 자기 자신을 괴롭히지도 않았다.

흘리는 땀방울과 거친 숨소리만큼 노력한다.

이렇게 살아가는 방식밖에는 모르는 사내들이었다.

검둘치가 배고픔에 침을 꿀꺽 삼켰다.

"이상형의 여자. 많은 것도 바라지 않는다. 어제 보리 빵을 만들어 주었다면 오늘은 옥수수 빵, 내일은 호밀 빵을 만들어 주는 여자라면 충분해."

검삼치는 눈이 더 낮았다.

"하루 세끼 김치라면, 신라면, 안성탕면만 끓여 줘도 되는데."

검사치는 지지 않겠다는 듯이 한술 더 떴다.

"난 계란도 포기할 수 있어!"

검둘치의 영영 흔들리지 않을 것 같은 눈동자가 살짝 떨렸다.

"크흐! 계란까지라니, 각오가 너무 대단한 것 아니냐?"

"이 정도의 다짐이 없다면 어떻게 여자와 사귈 수 있겠습니까? 사랑은 희생하는 겁니다."

검둘치는 입을 다물었다.

그리고 아직 검오치가 있었다.

"사형들, 난 고기도 끊을 수 있을 것 같아요."

"고기까지!"

사형제들은 서로의 각오에 감탄했다.

그러던 차에 거의 동시에 스킬이 상승했다.

띠링!

> -무기술 스킬이 고급 6레벨이 되었습니다. 모든 무기의 기초 공격력이 360%로 증가합니다.
> 공격 속도가 3% 빨라집니다.
> 스킬의 마나 소모가 4% 감소합니다.

고급 6레벨!

무예인으로서 검술 스킬 대신에 모든 무기를 다룰 수 있는 무기술을 배운다. 무기술 스킬이 마스터에 가까워지고 있었다.

"목표가 얼마 남지 않았다! 다들 긴장을 늦추지 마라!"

검둘치의 말에 검삼치, 검사치, 검오치는 큰 소리로 답했다.

"옛!"

하지만 무기술 스킬이 늘어 갈수록 숙련도가 웬만해서는 잘 오르지 않았다. 하루 종일 검을 휘두른다고 해도 지긋지긋하게 늘어나지 않을 정도였다.

그럼에도 꾸준히 정진했다.

몬스터를 잡고, 절벽에서 검을 휘두르던 단조로운 생활이 이어지고 있을 무렵이었다.

검치가 검을 땅에 꽂았다.

"둘치야."

"예, 스승님!"

"애들 불러라. 할 말이 있다."

검둘치와 검삼치, 검사치, 검오치는 빠르게 모여들었다.

"말씀하십시오, 스승님!"

"이제 기초 수련은 어느 정도 되었다고 본다."

남들이 경악을 금치 못할 몇 달간의 산속 훈련도 이들에게는 기초 수련에 지나지 않았다.

"더 큰 담금질을 하기 위해서라도, 이제 다시 세상에 나가 봐야 하지 않겠느냐?"

검치가 제자들의 의견을 묻고 있었다.

"예. 슬슬 때가 되었지요."

검삼치가 허연 이를 드러내며 히죽 웃었다.

찰나를 가르는 판단력과 정밀한 동작들.

과거에도 발달된 운동신경으로 믿을 수 없을 정도의 전투 실력을 보이던 그들이었다. 이제는 전투 스킬까지 향상시켰으니 무서울 것이 없었다.

싸움 자체를 즐기는 검치 들!

검오치는 무조건 스승의 뜻에 따르겠다는 듯이 고개를 끄덕였다.

"스승님, 아주 좋은 생각이십니다. 그런데 어디 가시기로 정해 놓은 장소라도 있으십니까?"

"우리가 이 베르사 대륙에 대해서 잘 알지는 못하지. 그렇다고 체면이 있지, 초보들이 있는 곳에서나 놀 순 없지 않겠느냐?"

"지당하신 말씀입니다."

"마침 이번에 위드가 어딘가에 간다고 이야기하는 것을 들었다."

"흡혈귀들이 나오는 곳이라고 했습니다."

"그곳부터 가자. 애들 불러!"

무사 수행을 떠났던 검치 들!

그들이 다시 모일 시간이었다.

검치 들의 집결!

무사 수행을 위하여 베르사 대륙 곳곳으로 흩어졌던 검치 들이 모여들었다.

그들은 목적에 따라 다양한 수행을 해 왔다.

심산유곡에서 검을 수련하던 이들부터 대륙을 떠돌면서 퀘스트를 하던 이들. 강자들만을 찾아다니면서 도전을 하기도 했다. 레벨을 올리기 위하여 사냥도 적당히 해 왔다.

그런 그들이 유린의 도움을 받아서 모라타 마을로 모여들고 있었다.

"이번에 검술 스킬을 고급 3레벨까지 올렸지. 확실히 공격력이 강해지더라니까."

"난 퀘스트만 200개 넘게 하면서 명성을 쌓았는데, 이제 웬만한 퀘스트들은 쉽게 받을 수 있어."

"북부 원정대. 거기에 속해서 빙룡과 싸웠지."

수련생들은 모여서 저마다 자신들이 걸어온 성과를 자랑했다.

"난 싸울 때마다 맞았어. 맞고, 맞고… 그렇게 많이 맞으니 이제 맷집이 260이 넘어."

검사십구치는 어지간한 워리어보다도 훨씬 맷집이 강해졌다. 위드의 성장법을 본받아서 매번 한계에 다다를 정도로 맞았기 때문이다.

정상적인 사람이라면 이런 방식의 성장 방법은 택하지 않는다. 그러나 강해지는 지름길이라면 이보다 더한 아픔도 감수할 수 있었다.

복잡한 생각보다는 몸을 쓰는 편이 더 익숙하다.

잔꾀를 부리기보단 하나의 방향을 정해, 포기하지 않고 나아가는 단순한 사내들이었다.

그렇게 무사 수행을 한 것을 자랑하고 있던 수련생들의 시선이 검오백오치에게로 향했다. 그는 아까부터 조용히 웃고만 있었다.

음흉하고, 무언가를 얻은 듯한 미소!

"막내야, 근데 넌 뭘 했냐?"

"크흐흐흐! 알게 되면 배 아프실 텐데요. 그래도 괜찮으시다면 말씀드리지요."

"뭔데? 뭘 했는지 말해 봐."

"예, 사형들. 대륙은 그간 지독하게 더웠지 않습니까?"

"그랬지."

수련생들은 고개를 끄덕였다.

대륙이 더워진 이후로 체력 소모가 심해지고, 땀이 줄줄 흘렀다. 그 때문에 중앙 대륙에는 퀘스트와 몬스터들이 넘쳐 났다. 다른 사람들이 사냥을 하지 않고 쉬었기 때문이다.

수련생들도 정신력으로 버티지 않았다면 이겨 내지 못했을 더위였다.

검오백오치가 음흉하게 웃었다.

"대륙이 더워졌습니다. 그래서 저는 즉시 셀룬 강가로 갔습죠."

"강가?"

"그곳에 뭐가 있는데?"

"어떤 몬스터가 나오더냐?"

수련생들이 호기심을 가졌다.

조금 떨어져 있던 검치나 검둘치를 비롯한 사범들도 귀를 기울이고 있었다. 자신보다 강한 몬스터를 꺾는 것이야말로 투쟁 본능을 자극하는 것이다.

하지만 검오백오치는 터무니없다는 듯이 손을 휘휘 저었다.

"몬스터라니요. 몬스터는 구경도 못 했습니다. 셀룬 강은 물이 투명하고 맑기로 유명한 곳이죠. 유속도 빠르지 않아서, 수영을 하기에는 아주 적당한 강입니다."

"수영? 그럼 넌 그 셀룬 강에는 뭐 하러 갔는데?"

"그야 여자들을 보러 갔죠. 무더위에 간단한 비키니만 입은 여자들이 수만 명이나 있었는데……."

"꿀꺽!"

"수, 수만 명이나!"

검오백오치의 말에 사범들이나 수련생들이나 눈을 휘둥그렇게 떴다.

"대체 그곳에서 무슨 일이 벌어졌던 거냐. 상세히 설명해 봐!"

"완전 늘씬한 몸매를 가진 여자들이 모래밭 위에 드러누워 있었죠. 더위를 탓하면서 물장구를 치며 즐기는 여자들. 투명하도록 맑은 강가에서 얇은 비키니를 입고… 흐흐, 저는 지금까지 그곳에서 여자 구경만 하다가 왔습니다."

"부, 부럽다!"

사범들과 수련생들은 인정했다.

가장 보람찬 무사 수행을 하고 온 사람은 바로 검오백오치였다고!

이현은 아이템 거래 사이트를 매일 검색했다.

"하이 엘프의 활. 매매가가 점점 오르고 있군."

수요는 갈수록 늘어나는데 공급이 부족하니 가격이 상승

한다.

이현은 아이템 거래 사이트의 가격을 보면서 뿌듯해하다가 다크 게이머 연합에 접속했다.

다크 게이머 연합에는 등급에 따라서 볼 수 있는 로열 로드의 정보들이 산더미처럼 쌓여 있다. 일반인들은 정보를 공개하지 않으려고 하고 발설하지 않았다. 독점을 원하는 이들의 자연스러운 선택이다.

다크 게이머들에게도 정보의 가치는 두말할 나위도 없는 것. 획득한 정보 중에 자신에게 필요하지 않은 것들을 공개함으로써, 다크 게이머 열람 등급을 높이고 필요한 정보를 얻었다.

이현의 정보 등급은 'C'.

최초 가입 시에 조절된 등급이었다. 중요 퀘스트와 숨겨진 사냥터에 대한 정보는 볼 수 없었다.

그럼에도 연합을 통해 얻을 수 있는 정보들이 꽤 된다.

일반적으로 인터넷상에 공개되어 있는 정보가 매우 잘 분류되어 있다. 왕국과 성, 도시의 특성, 사냥터에 대한 평가 분석 자료들을 보는 것도 가능했다.

취미 생활이 아닌 전문가 수준의 논문들도 다양한 영역에서 상당히 존재했다.

"조만간 정보 등급을 좀 올려야겠군."

다크 게이머의 제2 법칙.

받은 만큼은 베풀라!

이현은 그동안의 보답을 위해서라도 북부에 대한 정보들을 좀 올려놓을 생각이었다.

다크 게이머들은 위험한 의뢰나 모험, 사냥을 즐긴다. 길드에 속해서 정해진 사냥터에서 쉽게 성장하고 꼬박꼬박 세금을 바치는 이들은 극히 드물었다.

좋은 아이템이 나와도 길드에 우선 상납하는 방식을 따른다면 돈을 벌기 어렵기 때문이다.

그렇기에 더 험난한 길을 걸어야만 했다.

모라타에서 죽음의 계곡까지 가면서 구한 이동 경로와 북부 마을에 대한 지식들이라면, 필요한 다크 게이머들에게 요긴하게 쓰이리라.

이현은 다크 게이머 연합의 의뢰란도 확인했다.

아이템 구매 의뢰, 물품 호송 의뢰, 다크 게이머 연합에 올려놓은 전쟁 참여 의뢰.

일반인들이 신청한 다양한 의뢰들이 있었다.

구매 등급은 다크 게이머 연합에 의뢰를 한 횟수와 금액에 따라서 정해졌다.

-구매 등급 레드. 구매 횟수 12회. 세공된 에메랄드 멧손에서 찾습니다. 퀘스트에 필요합니다. 사흘 내에 도착 가능한 분만.

-구매 등급 블루. 구매 횟수 7회. 정령의 샘물 구해요. 이노크의 정령사 길드에서 기다리고 있겠습니다.

―구매 등급 블루. 구매 횟수 2회. 특정인 척살 원합니다. 조용히 처리해 주실 분만.

살인 의뢰도 간간이 보였다.

억울한 일을 당했거나 개인적인 감정을 가진 이들을 죽여 달라는 의뢰도 다크 게이머들에게는 짭짤한 수입원이 된다.

물론 그런 의뢰가 무조건 받아들여지는 것은 아니었다. 돈은 벌 수 있지만 살인자가 되면 로열 로드 내에서 각종 제약이 심해지기 때문이다.

정말 돈이 급한 이가 아니라면 살인 청부 의뢰는 여간해서는 받지 않았다.

게시판을 죽 훑어보던 와중에, 눈에 확 들어오는 의뢰가 있었다.

―구매 등급 다이아몬드. 구매 횟수 183회. 파스크란의 창 구합니다. 이유는 묻지 마시고… 구해 주십시오. 후하게 사례합니다.

파스크란의 창!

이름조차 알려지지 않은 무기였다. 공개된 적도 없으며 누가 주웠다는 소문도 퍼진 적이 없다. 다만 사람의 이름이 붙은 것으로 보아서, 하나밖에 없는 유니크 아이템으로 추측되었다.

이런 것이 필요한 이유라면 하나뿐이다.

"퀘스트에 필요한 것이로군. 퀘스트를 하려면 파스크란의 창을 구해야 하는 거야."

유니크 아이템.

구매 등급이 다이아몬드라면 기본적으로 한 건에 백만 원 이상의 의뢰비를 지불하는 사람이다. 의뢰자의 수준을 감안한다면 이번 의뢰는 수백만 원이 걸린 것인지도 모른다.

이현은 일단 파스크란의 창을 머릿속에 입력해 두었다.

다크 게이머 연합에서 의뢰를 통해 조달하려고 하는 물품들은 잘 기억해 두어야 한다. 예를 들어 붉은 심장 300개가 필요하다면 그만큼 사냥을 해서 모아야 수량을 맞출 수 있는 것이다.

돈을 벌기 위해서는 번거롭지만 필수적인 요건이었다.

공식적으로 집계조차 되지 않는 수십만의 다크 게이머들이 이 의뢰란을 주목하고 있는 이유이기도 했다.

그런데 또 하나의 의뢰가 이현의 눈에 들어왔다.

역시 구매 등급 다이아몬드의 의뢰!

총 의뢰자들 중 0.1%도 되지 않는 다이아몬드 등급의 의뢰가 하나 더 있었다.

―구매 등급 다이아몬드. 구매 횟수 289회. 우린 6명의 파티다. 레벨은 360대. 일주일에서 이주일 정도 베르사 대륙에서 휴가를 보낼 생각이다. 좋은 휴양지나 괜찮은 퀘스트, 혹은 해 볼 만한 모험이 있다면 안내해 줘. 500만 원 주지.

"500만 원이라."

이현의 입가에 비웃음이 걸렸다.

구매 횟수나 등급만 보아도 글을 올린 사람의 성격이 어떤지는 대충 짐작이 가능했다.
　"돈이면 뭐든 다 되는 줄 아는 놈들!"
　이현은 한동안 모니터를 보며 욕을 퍼부었다. 하지만 손가락은 재빨리 그 사람에게 보낼 메일을 작성하고 있었다.

　안녕하세요.
　다크 게이머 연합에서 보고 연락 드립니다.
　아직 휴양지를 못 구하셨나요? 제발 못 구했으면 좋겠는데…….
　저한테 맡겨만 주신다면 친절하게 모시겠습니다.
　아직 누구도 가 보지 못한 새로운 왕국, 불멸의 뱀파이어들의 도시로 초대합니다.
　꼭 와 주세요. 부탁드립니다!
　꾸벅.

토둠

뱀파이어 로드 토리도가 말했던 그날!

모라타 마을에는 검치 들과 페일 일행, 세에취 그리고 마판이 아침 일찍 모였다.

"여기가 모라타 마을!"

마판은 어느덧 중견 상인으로 거듭났다. 그의 복장에는 보석들이 주렁주렁 달려 있었다. 귀금속이나 보석 거래를 상승시켜 주는 옵션이 달린 상인복이었다.

마차도 고급으로 장만했다. 8마리의 말이 끄는 대형 마차라서 화물을 가득 적재할 수 있고, 식료품들이 쉽게 상하지 않았다.

명성과 스킬을 쌓고 돈을 벌면서 차근차근 성장해 왔던 것이다.

"음식 삽니다. 전투 보급용품 삽니다!"

토둠으로 떠날 때 필요한 보급품의 준비는 마판이 맡았다. 그는 모라타 마을을 돌면서 모험가들과 주민들에게 보급품들을 구입해서 마차에 쌓아 두는 중이었다.

그러는 사이에 위드는 마을 입구에서 용돈을 벌고 있었다.

"멋진 조각품 깎아 드립니다. 소장용으로 하나씩 챙겨 두세요!"

위대한 조각사 위드의 조각품!

모라타에 방문한 여행객들은 누구나 기념품을 사길 원한다. 위드의 앞에는 조각품을 사기 위해 길게 줄이 늘어서 있었다.

키 작은 소녀가 와서 말했다.

"아저씨, 빛의 탑 모양으로 된 조각품 하나 주세요."

위드는 기분 좋게 웃으며 말했다.

"10골드입니다."

"에이, 뭐가 그렇게 비싸. 안 사요!"

"……."

어린 소녀는 마치 날강도를 보는 눈빛을 하며 떠났다.

다음 손님은 흰머리가 기웃기웃 나신 할머니였다.

"이보게, 젊은이. 저쪽 바위산에 있는 빛의 탑을 닮은 조각품을 좀 깎아 줘."

"예, 9골드입니다."

위드는 알아서 가격을 조금 깎아 주었다.

유독 할머니에게는 약한 면모를 가지고 있었던 것!

"뭐라구?"

"8골드……."

"무슨 조각품이 그렇게 비싸? 노인이라고 무시하는 거 아니야?"

"그게 아니고… 그럼 5골드에 해 드리겠습니다."

"돈이 없다니까. 2실버에 해 줘!"

"도저히 그 가격에는… 휴, 알겠습니다."

"진작 그렇게 할 것이지."

위드는 눈물을 머금고 조각품을 깎아야 했다.

천부적인 미사어구와 아부!

그것도 어느 정도 가격대가 맞을 때의 일이었다.

'젠장. 조각품으로 돈 벌기가 이렇게 어렵다니.'

며칠 전 대장장이 스킬을 이용해서 무기와 방어구를 만들었을 때에는, 시세보다 약간씩 높은 가격을 받아 냈다.

하지만 조각품은 사람들이 주로 구매하는 시세가 없을뿐더러 골드 단위의 지출은 사치라고 여기는 사람들이 많았다. 특별한 고백이나 선물 용도가 아니라면 조각품에 돈을 쓰는 사람 자체가 드문 것이다.

때문에 여간해서는 조각품의 가격을 올려 받기가 쉽지 않았다.

그다음 손님은 조금 나이가 든 아줌마였다.

아줌마는 날카로운 질문부터 던졌다.

"조각품을 하나 주문하면, 1개 더 주시나요?"

"그게……."

"어차피 길가에 굴러다니는 나무로 깎아서 만드는 거잖아요. 원가도 얼마 안 들어가는데 이 정도 서비스도 못 해 줘요?"

마트에서 1개를 사면 1개를 덤으로 주는 대량생산 물품처럼 조각품을 원하는 손님들! 여전히 조각물들이 기념품이라는 인식을 벗어나지 못하기 때문에 벌어지는 일이었다.

아무리 주위에서 위대한 조각사라고 치켜세워 주면 뭣 하겠는가! 현실적으로 돈이 안 되는데!

'역시 조각사란 직업은 실패작이야!'

위드는 푼돈이나마 위안 삼아 챙길 수밖에 없었다. 명성을 날리고 있는 덕분에 평균적으로 5골드 이상은 받는다는 점이 다행이었다.

근처에서 유린도 그림을 그렸다.

"줄 서 주세요!"

유린의 주변에도 사람들이 몰려 있었다. 그 숫자가 위드 근처보다 결코 적지 않았다. 다만 주로 남자들이라는 점이 다를 뿐!

"어떻게 그려 드릴까요?"

"편하게… 그냥 연락처라도 적어 주시면."

"헤헤, 그건 어렵구요. 제가 멋지게 그려 드릴게요."

"고맙습니다."

어떤 손님들은 몇 번씩이나 오는 경우도 있었다.

"벌써 세 번째네요, 손님."

"한스입니다."

"네, 한스 님. 무슨 그림을 그려 드릴까요?"

"그냥 유린 님의 마음을 그려 주십시오. 흰 도화지처럼 맑은 유린 님이시니 그걸 그대로 주셔도 됩니다."

"어머, 고마워요. 사실 제가 화가인데 돈이 좀 없어서……."

"압니다. 얼마나 고생이 많으십니까? 여기 제가 가진 돈 7골드입니다."

어떤 손님들은 아이템들을 주기도 했다.

"가죽 장갑인데, 필요하실 것 같아서……."

"모자를 바꾸실 때가 된 것 같군요."

유린의 앳된 미모, 여동생 같은 발랄함을 보고 모여드는 남자들!

위드의 조각품보다도 훨씬 큰 인기를 끌고 있었다.

물론 위드가 만드는 거대한 조각품이나, 비싼 재료비를 들인 조각품들은 훌륭한 옵션을 가지고 있다. 충분히 시간을 들여서 만든다면 엄청난 효과를 가진 조각품들도 완성시킬 수 있다.

왕국과 도시의 발전에 기여하는 조각품들!

하지만 무게가 심하게 나가는 조각품의 특성상 이동이 힘들기 때문에, 개인들은 그런 조각품을 구매하지 못한다.

일반 조각품들은 푼돈밖에 벌어 주지 않고, 명작, 대작일 경우에는 부르는 게 값이 될 수 있다.

순수한 열정과, 작품을 만들겠다는 의지!

그렇기에 진정한 예술가가 택할 수 있는 직업이 바로 조각사였다.

위드는 땅을 치고 후회했다.

'기왕에 이렇게 될 줄 알았더라면, 차라리 화가를 했더라면 좋았을 텐데.'

피가 끓는 희열과 작품에 몰입되어 최고의 완성품을 만들어 내는 성취감! 이것도 역시 손가락에 침을 묻혀서 빳빳한 만 원짜리를 세는 쾌락에 비할 바는 아닌 것이다.

철저하게 세속적인 조각사!

묵직한 조각품보다는 현금화가 쉽고, 개인에게 팔아먹을 수 있는 그림이 훨씬 낫게 느껴졌다.

점심나절이 되었을 때에는 식량을 마지막으로 보급품 마련이 모두 끝났다.

마판이 다가와서 말했다.

"위드 님, 준비가 끝났습니다."

"검치 스승님은요?"

"마을 중앙의 공터에서 기다리고 계십니다."

"그러면 슬슬 출발할까요?"

위드도 행상을 접고 자리에서 일어났다.

"오늘 기다리셨던 분들께는 다음에 먼저 조각품을 깎아 드리겠습니다."

"에이, 괜히 기다렸잖아. 벌써 20분째인데."

"꼭 갖고 싶었는데."

조각품을 받기 위해 줄 서 있던 사람들에게는 미리 양해를 구해 놓았던 터라, 손님들은 아쉬운 얼굴을 하고 흩어졌다.

"그럼 마판 님, 잠시만 여기서 기다려 주세요."

"예? 예! 다녀오세요."

위드는 마판에게 부탁을 한 뒤에 헛간으로 들어갔다. 그런 후에 탈로크의 갑옷을 꺼내서 입었다.

미스릴로 이루어졌지만 빛을 흡수하는 라호만 지방 미스릴의 특색에 따라서 새카만 갑옷.

흑철로 직접 만든 헬멧과 이동속도를 올려 주는 부츠, 공격력과 힘을 더해 주는 장갑도 착용했다.

전신에 검은색의 갑옷과 망토를 착용한 흑색 전사의 모습!

실제의 직업은 조각사였지만, 중급 대장장이 스킬 덕분에 다른 직업의 갑옷도 입을 수 있었기에 외관상으로는 전사를 떠올릴 수밖에 없게 만들었다.

위드는 헛간에서 완벽하게 장비를 갈아입고 모라타의 거

리로 나왔다.

◎

"설마……."
"아닐 거야."
"그렇지?"
"역시 그럴 리가 없잖아."
위드를 본 사람들은 그냥 지나치지 못했다.
흑색 전사.
그가 입고 있는 갑옷은 흑철과 미스릴로 만들어져 있었다.
"저런 방어구는 레벨 제한이 높을 텐데."
"엄청난 고수인가 봐."
위드를 보는 행인들의 눈빛이 달라졌다.
조각칼을 들고 길가에 떨어져 있는 돌멩이나 나무토막을 주우러 다니던 시절에는 느끼지 못했던 부러움에 찬 시선들.
위드는 행인들 사이를 뚫고 마판이 기다리는 곳으로 걸어갔다.
"기다리셨죠? 그럼 이제 가시죠."
"예? 예!"
마판은 고개를 갸웃하면서도 함께 유린이 있는 곳으로 걸었다.

'위드 님이 하시는 일이니 뭔가 깊은 뜻이 숨어 있겠지.'

주변으로부터 부러움에 찬 시선들이 끊임없이 느껴지고 있었다.

탈로크의 갑옷은 빛을 흡수하는 재질로 만들어져 있다. 그렇기에 한없이 검었다. 그 특별함과 고급스러움은, 퀘스트로 제법 이름을 날린 모험가들이라고 할지라도 일찍이 보지 못한 것이었다.

"대단한 사람인가 봐."

"진짜 누구지?"

"혹시 좀 전의 그 조각사?"

"아니야. 비슷하게 생긴 것 같기는 하지만……."

"정말 비슷하게 생겼는데."

"맞다. 그 조각사 위드다."

옷이 날개라는 말이 틀리지 않았다.

행인들은 위드의 얼굴을 자세히 보고 나서야 겨우 알아차렸다.

얼굴에 구구절절이 묻어 나오던 가난과 궁핍함!

그것들이 사라지니 평범한 외모였던 위드를 쉽게 알아보지 못한 것이다.

행인들의 반응이 달라졌다.

"가짜 갑옷인가 봐."

"그럼 그렇지. 그냥 겉만 미스릴로 치장해 둔 걸 거야."

"별로 안 좋은 건가 보군."

행인들의 반응을 뒤로하고 위드와 마판은 유린이 있는 곳에 도착했다.

"유린아, 가자."

유린은 그림을 그리던 도중에 뒤를 돌아보았다.

"응, 오빠! 아, 그런데 옷이……."

"어?"

위드는 천연덕스럽게 반문했다.

"왜 그러는데? 내가 입고 있는 탈로크의 갑옷 때문에? 아, 별것도 아니야. 그냥 평범한 유니크……."

"……."

노골적인 갑옷 자랑!

실은 여동생에게 갑옷을 자랑하고 싶어서 미리 입고 나온 것이었다.

위드는 마판, 유린과 같이 마을 중앙으로 향했다. 그런데 주변의 행인들이 떠드는 소리가 들려왔다.

"중앙 공터에 가 봤어? 어디로 사냥을 가는 건데 저런 준비를 하는 거지?"

"꽤 실력이 있어 보이는 파티와 오크 그리고 상인과 검치들이라… 정말 무슨 퀘스트일까?"

"조각사 위드도 같이 간다던데."

텔레비전을 통해 이미 본 드래곤과의 전투가 방송되었다.

검을 위주로 싸우며, 단체로 바짝 자른 머리를 하고 있는 근육질의 사내들. 그 덕에 검치 들을 모르는 사람이 없었다. 무도의 극한을 추구하는 도전자들이라고 단단히 유명세를 탔다.

그런 검치 들이 모라타에 모여서 어딘가로 떠난다고 하니 사람들의 이목이 집중되었다.

"보급품의 양이 엄청나!"

"모라타 근처에 새로운 사냥터가 개발된 걸까?"

"그럴지도 모르겠군."

북부의 모라타 마을에 올 정도라면 일단 초보자는 아니라고 봐야 한다. 웬만큼 눈치가 빠르고 눈썰미가 좋은 사람들이 대부분이다.

그들이 보기에는 상당히 이상한 조짐들이 마을 안에서 벌어지고 있었다.

교역품과 식료품을 사재기하는 상인, 모여든 검치 들!

상당히 좋은 무기와 방어구들로 치장을 한 페일 일행도 눈길을 끌고 있었다.

사실 세에취, 그녀도 단연 관심이 집중되는 대상이다.

새로운 종족 오크!

인간의 말을 하고, 마을에서 돌아다니는 오크를 직접 본 것은 구경꾼들도 처음이었던 것이다.

"진짜 못생겼다."

"저 배랑 엉덩이 좀 봐. 걸을 때마다 장난 아냐."
"머리도 엄청 커!"
세에취는 뿌듯함을 느꼈다.
얼음 여왕처럼 화려하고 차가운 외모가 아니라 편안함으로 사람들에게 다가설 수 있는 지금이 결코 나쁘지 않았던 것.
"취이익! 취췻 취잇!"
"콧노래다!"
위드가 마판, 유린과 함께 중앙 공터로 갔을 때에는 구경 나온 사람들로 미어터질 것 같은 모습이었다. 미리부터 소문이 나서, 모라타 마을 주변에 있던 사람들이 모두 몰려왔다.
여행자며 모험가, 전사, 성직자나 음유시인 들로 이루어진 파티들이 사냥도 떠나지 않고 마을 내에서 대기하고 있는 것이다.
수르카는 이런 주목을 받으니 영 어색한 얼굴이었다.
"우릴 보고 있는 사람들이 정말 많네요."
이리엔도 약간 주눅 든 얼굴로 주위를 둘러보았다. 이렇게나 많은 사람들의 이목이 집중되는 것은 그녀로서도 처음이었으므로.
"로자임 왕국보다 사람은 적은 것 같지만, 정말 빨리 늘어나고 있네."
화령도 수긍했다.
"그러게요. 새로운 대륙이 열린 초기의 활발함이 느껴지

는 것 같지요?"

북부의 거점 도시 모라타!

매일 최소한 1,000명 이상이 와서 사냥터를 새로 개발하고, 이곳을 중심으로 모험을 떠난다.

현재 북부에서 활발하게 탐험하고 있는 사람들의 절대 숫자는 많지 않았다. 중앙 대륙에서 출발한 인원은 많아도, 아직 본격적으로 북부에 도달한 인원은 적은 것이다.

대략 5만 명 정도가 북부에서 활동하고 있는 것으로 집계되었다.

5만 명이라고 해도, 넓은 대륙의 크기를 감안하면 조금만 외딴곳으로 가도 인적이 드문 편이었다. 그렇기에 퀘스트나 사냥, 모험 그룹 결성, 정보 공유를 위하여 사람들이 많은 도시로 모였다.

모라타는 그 거점 도시가 되면서 밀려드는 여행객들을 감당하고 있었다.

위드가 주위를 둘러보며 물었다.

"마음의 준비는 다 되었습니까?"

"네."

"옛!"

화령과 제피가 자신 있게 대답을 했다.

페일은 메이런의 어깨를 가볍게 토닥여 주었다.

"어떤 위험이 닥쳐와도 지켜 줄게요."

"언제나 페일 님만 믿어요."

이리엔이나 로뮤나, 수르카도 각오를 단단히 다졌다.

위드와 움직일 때는 휴식이란 게 없는 경우가 많다. 숨 쉴 틈 없는 긴장과 가슴 끓는 흥분의 연속.

이리엔의 눈이 반짝였다.

'보통 때의 사냥이 여가 정도라면, 위드 님과 같이 있을 땐 정신을 바짝 차려야 해.'

성직자로서 동료의 죽음을 막지 못했을 때가 제일 가슴이 아프다.

위드의 사냥법은 다른 이들보다 2~3배는 빨랐다. 그 속도를 따라가는 건 힘겹지만, 보람도 컸다.

'죽지 않기 위해… 제 몫을 다해야 해.'

한편 검치 들은 모험과 투쟁이 일상사였으니 전혀 긴장하지 않았다.

"어험! 출발이 좀 늦어지는군."

"밥부터 먹고 가는 건가?"

위드는 고개를 저었다.

"아닙니다. 그럼 이제 슬슬 출발하도록 하죠."

막 출발하려고 할 때였다.

주변의 구경꾼들은 이들이 어디로 가는지 알기 위해서 눈에 불을 켜고 기다리고 있었다.

그때 모라타 마을의 장로가 허겁지겁 달려왔다.

"백작님!"

마을 장로가 위드를 애타게 불렀다.

"백작이라고?"

"방금 백작이라 부른 거야?"

놀란 구경꾼들 사이에 소란이 일어났다. 모라타 마을의 백작이 유저라니! 하지만 더 놀라운 것은, 지금 장로가 분명 위드를 보고 백작이라 불렀다는 사실이다.

"말도 안 돼!"

"조각사가 자작이나 남작도 아닌, 고위 귀족 계급인 백작이라니."

"백작이면 이 마을만이 아니라 모라타 지방 전체를 다스리는 주인이란 뜻이잖아."

위드는 주변을 둘러보고 한껏 목소리를 깔았다.

"장로님, 무슨 일이기에 그렇게 호들갑을 떨고 계시는 겁니까. 체통을 지키시지요."

어디서 본 것은 있어서, 사극에 나오는 주인공처럼 자세를 잡았다.

백작이라면 고위 귀족층에 속하는 것이 맞다. 왕국에서도 몇 손가락 안에 꼽힐 수 있는 권력자였다.

마을 장로가 말했다.

"마을에 식량이 떨어져 가고 있습니다."

"……."

"늘어난 여행객들로 인하여 주민들의 불편도 이만저만이 아닙니다. 도로를 더 넓혀야 하고, 마을 중앙의 공터도 개발하여 광장으로 만들어야 됩니다. 상업의 발전을 위하여 교역소도 짓고, 잡화점이나 직물 거래소도 개설해야 합니다."

위드는 매우 위험한 이야기를 듣고 있음을 깨달았다.

이런 종류의 이야기들이 가져오는 결론은 오직 하나.

'돈! 돈을 달라는 소리다.'

마을 장로는 눈물을 뚝뚝 흘렸다.

"돈이 필요합니다. 마을에 여관도 짓고, 주택도 보수하기 위해서는 보다 많은 투자가 있어야 합니다."

페일이나 제피는 딱하다는 듯이 마을 장로를 봤다.

'위드 님의 호주머니에서 돈이 나오기는 정말 어려울 텐데.'

'불가능한 일이지. 굳이 비유하자면, 우물에서 고래를 낚을 확률과도 같아.'

마판은 마을 장로가 얘기하는 사정을 듣고는 위드 대신 나설 생각마저 했다. 상인으로 모아 놓은 돈이 제법 있으니 일단 1,000골드라도 내놓으려고 했다.

그런데 모두가 상상할 수 없던 일이 벌어졌다.

"휴우! 돈이 필요하다면 진작 말씀하시지 그러셨습니까?"

위드는 길게 한숨을 내쉬면서 배낭을 열었다. 그러더니 보유하고 있던 돈을 몽땅 꺼냈다.

안 먹고, 안 입으면서 자린고비처럼 아껴 두었던 돈 3만

골드! 니플하임 제국의 금은보화와 장비들을 판 23만 골드도 더했다.

총 26만 골드나 되는 거금.

그것을 조금도 아깝지 않은 얼굴로 마을 장로에게 내밀었다.

"약소한 돈입니다. 주민들을 위하여 필요한 일이 있다면 쓰셔야지요."

"그, 그래도 되겠습니까? 하지만 이건 너무 큰돈인데……."

"모라타를 다스리는 사람으로서 당연히 해야 할 책무에 불과합니다."

"고맙습니다. 정말 고맙습니다."

띠링!

모라타 지방의 대규모 투자
과거 니플하임 제국 시절에 번성하였던 모라타!
오랜 세월의 흐름 속에 과거의 영광은 사라지고, 헐벗고 굶주리는 주민들과 부서진 집들만이 남았다.
그러나 이제, 성실한 주민들은 투자된 자금으로 새로운 도약을 위하여 노력하게 될 것입니다.
3개월간 생산력 30% 증가.
마을의 영역 확장.
영주성의 사용 가능한 수준의 보수.
인구 증가 속도가 향상됨.

모라타 지방의 특성에 따라서 즉시 건설될 건물들.

술집 : 주민들의 만족도를 향상시키고 세금 수입을 늘린다. 하지만 치안에 악영향을 줌.

대장간 : 마을의 기술력을 향상. 주민들의 생산력도 늘린다.

교역소 : 상인들과 교역품을 거래할 수 있는 장소. 세금 수입을 가져다주고, 마을의 부족한 물자를 보충할 수 있다.

여관 : 여행자들이 머무를 수 있는 곳. 많은 여행자들이 머무르면 마을에 활기가 더해진다.

방직소 : 천을 짜고, 가죽을 연마한다. 모라타의 특산품이 만들어지는 양을 증가시키며 가죽과 관련된 퀘스트가 많아짐.

자경단 : 치안을 지키기 위해 주민들이 결성한 단체. 주변의 몬스터들을 퇴치하기에는 무리이지만 마을 내부의 좀도둑을 잡을 정도는 된다. 치안을 상승시켜 상업의 발전을 도움.

용병 길드 : 마을 주변의 몬스터들에 대해 조사하고, 정기적으로 퇴치하기 위한 의뢰를 한다. 운영을 위하여 많은 세금이 들지만, 의뢰가 성공할 때마다 마을의 치안과 명성이 증가함.

프레야 교단의 신앙소 : 프레야 교단을 믿는 신도들이 기도를 하는 장소. 신앙심이 두텁지 않은 마을에는 건설할 수 없음. 프레야의 가호로 인하여 곡물 생산량이 늘어나고, 주민들이 근면해짐.

도시 발전도가 늘어나면 향상된 건물들을 더 많이 지을 수 있습니다.

영주성이 보수되면 직접 마을 건물의 생산과 세율 책정, 상업, 군사력, 기술, 치안, 주민 증가에 대한 정책들을 수립하고 예산을 세분화하는 것이 가능해집니다.

현재는 지역 발전을 위하여 투자한 예산의 50%만 분야를 정할 수 있으며, 나머지 예산은 위임 상태로 분배됩니다.

투자 위임 금액을 줄이고 싶으시다면 지역에 대한 장악력을 올려야 합니다. 장악력을 올리는 방법으로는 영주성의 개량 또는 확대가 있습니다.

> 인근 지역에 대해 영향력 행사를 할 수 있는 지역 정치 스탯이 생성됩니다.
> 1차 개발이 끝난 이후에는 늘어난 세금 수입을 원하는 곳에 분배할 수 있습니다. 하지만 복지나 치안에 과도한 투자를 하여 마을의 적자가 커지면, 주민들의 만족도는 늘어날 수 있지만 파산하여 영주의 자리에서 추방당하게 됩니다.

위드가 내놓은 막대한 금액을 바탕으로 모라타가 대규모 개발에 돌입하게 되었다. 중앙 대륙의 대도시처럼은 아니더라도, 마을의 필수적인 구성 요소들을 갖추게 되리라.

마을 장로가 감격한 얼굴로 말했다.

"영주님, 나중에는 직접 통치를 하실 수도 있겠지만 지금은 이 지역에 대해서 잘 알고 있는 제가 절반의 금액을 관리하도록 하겠습니다. 그러면 투자하신 돈 중에서 13만 골드의 용도를 정해 주셔야 됩니다. 우선, 마을 정비에는 얼마나 분배해야 할까요?"

> 마을의 도로와 주택들을 신축하고 보수하는 데 사용합니다. 기초적인 건물들이 완성되어 있지 않다면 주민들의 만족도가 낮아지고 치안이 나빠지며, 상거래를 활성화시킬 수 없을 것입니다. 시설이 정비되면 상업의 발전에 다소 도움을 줍니다.

위드는 심사숙고 끝에 말했다.
"1만 골드!"

–마을 정비에 1만 골드를 투자합니다.

13만 골드 중에서는 일부에 불과한 돈이었다. 하지만 마을 장로가 투자하는 금액도 있기 때문에 결코 적은 것은 아니다.

'지금까지 먹고사는 데에도 100골드도 안 들었을 텐데.'

위드는 주워 먹고, 캐 먹고, 잡아먹고, 얻어먹으면서 살았으니 먹는 데에는 거의 돈을 쓰지 않았다고 봐야 한다. 그만큼 아끼면서 살았는데 큰돈을 쓰려니 배가 아파 왔다.

마을 장로가 다시 질문했다.

"치안에는 얼마의 돈을 투자하시겠습니까?"

마을 치안이 높아지면 범죄율이 줄어듭니다. 주민들의 범죄는 초기에는 큰 영향을 주지 않지만, 만족도와 약간 관련이 있습니다. 범죄가 자주 발생하면 상업이 쉽게 발달하기 힘들며, 생산능력이 저하됩니다. 치안대는 위급 상황에 전쟁에 동원할 수도 있습니다.
치안에 영향을 주는 요소에는 여러 가지가 있는데, 신앙심이 높은 주민들은 쉽게 범죄를 저지르지 않을 것입니다.

위드는 조심스럽게 말했다.
"300골드."

－치안에 300골드를 투자합니다.

소심한 투자!

매우 적은 금액이었지만 프레야 교단의 사제들이 있기 때문에 현재 모라타의 치안은 그리 나쁘지 않았다.

"군사력 강화에는 얼마의 돈을 투자하시겠습니까?"

군사력이 강해지면 지역 정치력이 증가합니다. 현재 모라타의 군사력은 전무합니다. 시급하게 병사들을 훈련시키고 기사를 양성하여 타국이나 몬스터, 다른 지역의 적들로부터 마을을 지켜야 됩니다.
강한 군사력을 유지하는 데에는 비용이 많이 들지만, 궁극적으로 영토를 넓힐 수 있는 적절한 수단이 되기도 합니다.

위드는 간단히 대답했다.

"0골드!"

마을 장로가 조심스럽게 확인했다.

"군사력에는 전혀 투자를 하지 않으시겠다는 말씀이십니까?"

"예."

－군사력에 아무런 투자를 하지 않습니다.

마을 장로의 얼굴이 한층 신중해졌다.

"예술에 투자하실 금액도 정해 주십시오."

> 예술이 발달한 도시는 주민들이 행복합니다. 자유로운 상상과 창조력을 바탕으로 성장한 문화의 힘은······.

위드는 생각해 볼 것도 없이 답했다.
"0골드!"
"예술에도 투자를 하지 않으시겠다는 말씀이 정확합니까?"
"예."

눈에 흙이 들어오기 전에는, 절대로 예술에 투자하고 싶은 마음이 없었다.

어떻게 번 돈인데 예술을 키운단 말인가!

이제 한 가지 분야만이 남았다.

"그럼 상업 발전에 투자하실 금액을 정해 주십시오. 상업 발전은 여러 분야로 세분되어 있습니다."

> 상업이 발전하면 세금 수입이 늘어나며 마을의 생산력이 증대됩니다.
> 농업과 축산업, 기술 발전을 위한 지원을 합니다. 광산을 개발하고 상업 건물들을 신축하며, 마을의 생산력을 늘리는 데 쓰입니다.
> 잡화점을 비롯하여 교역소에서 거래 가능해지는 물품의 개수와 수량이 늘어납니다.
> 대장간의 발달로 무기와 방어구, 도구 들의 질과 생산 개수가 늘어납니다.

특산품의 생산도 증가하게 될 것입니다.
특정 분야에 세분화된 상업 발전을 위한 투자는 영주성이 보수된 이후에 가능합니다.

위드는 단호하게 답했다.

"11만 9,700골드!"

"상업 발전에 그처럼 막대한 투자를 하시겠습니까? 너무 경제 발전에만 몰두하시는 것이 아닌지 우려스럽습니다만."

"11만 9,700골드를 상업 발전에 투자해 주십시오."

-상업 발전에 11만 9,700골드를 투자합니다.

마판은 입을 다물지 못했다.

"위드 님에게 이런 면이 있을 줄이야!"

짠돌이라고만 알았는데 써야 할 때에는 아끼지 않고 과감하게 쓰는 모습을 보여 주었다.

"진짜 우린 위드 님의 진면목에 대해서 모르고 있었던 거야."

화령도 다시금 위드를 생각하게 될 계기가 되었다. 하지만 진실은 따로 있었다.

위드는 판단했다.

'모라타가 북부의 중요 도시로 성장하고 있어.'

날로 증가하는 여행객들!

모라타는 프레야 교단의 비호 속에서 1년간의 안전을 보장받았다. 몬스터의 침입이 있더라도 마을 시설들이 파괴당하거나 주민들이 학살당할 염려는 없다.

다른 유저들의 공격에도 마음을 놓을 수 있었다.

프레야 교단의 보호는 강력하기 때문에, 겁 없이 모라타 마을을 침공하는 이들이 있다면 그 즉시 프레야 교단의 공적이 된다. 대륙에 있는 모든 프레야 교단의 성기사들이 응징을 할 것이며, 신이 내리는 불행으로 인한 제재를 받을 것이다.

'그러므로 1년간은 안심할 수 있다.'

일단은 모라타 마을을 발전시켜 놓는다.

그리하여 나중에 엄청난 세율로 투자한 돈을 회수하는 것이야말로 최고의 착취!

진정한 악덕 영주의 꿈!

위드가 모라타의 발전을 위하여 호주머니에 있는 돈을 탈탈 털어 넣은 이유였다.

잠시 마을 장로로 인하여 출발이 지체되어서, 마판이나 페일, 검치 들이 기다리고 있었다.

위드가 말했다.

"그럼 이제 가겠습니다. 마을 밖으로 출발!"

"드디어 가네요."

수르카가 환히 웃으며 앞장을 섰다.

마판도 마차를 끌었다. 마차가 움직일 때마다 바닥에는 깊은 바퀴 자국이 파였다. 여러 종류의 직물과 가죽, 보석을 비롯한 교역품은 물론이고, 식량과 전투 물자들을 마차에 산더미처럼 가득 채워 놓았기 때문이다.

토리도가 이동시킬 수 있는 제한이 없다면 더 많은 양을 장만했겠지만, 운송할 수 있는 최대한의 물량을 계산하여 꼼꼼히 채워 넣어야 했다.

"이제 간다."

"뒤쫓아 가자."

"어디로 가는지 놓치지 마!"

구경꾼들이 바짝 가까이에서 따라왔다.

위드가 마을의 영주라는 사실을 알게 되고 나서부터는 더욱 안달이 나 있었다.

지옥 끝이라고 해도 쫓아갈 듯한 태도!

위드는 서쪽의 협곡으로 방향을 잡았다.

"저쪽은 아직 완전히 개척되지 않은 곳이잖아."

"몰라. 사냥터와 던전 몇 개가 발굴된 것으로 아는데."

구경꾼들은 의아해하면서도 일단은 그대로 쫓아왔다. 위

드가 준비해 온 보급품의 양이 많기 때문에 우선은 지켜보려고 했다.

위드와 일행은 서쪽 협곡 근처 안개의 숲으로 향했다.

하늘을 덮을 듯이 울창하게 자란 나무들.

근처의 땅에서 수증기가 피어올라 짙은 안개가 끼어, 시야를 확보할 수 없는 곳이었다.

찌르르르.

풀벌레가 우는 것마저 불길하게 느껴졌다.

안개의 숲에서 몬스터는 튀어나오지 않는다. 하지만 대낮에도 시야가 짧아지고, 아주 가까이에서의 소리도 들리지 않았다.

"괜찮아."

"여긴 반대편 출구 외에는 막혀 있는 장소이니, 먼저 그곳으로 가서 기다리자."

"그러는 편이 좋겠어."

사람들은 뭉쳐서 안개의 숲을 가로질렀다.

어차피 나올 곳은 하나뿐이라고 생각했기 때문에 한 선택!

안개의 숲을 통과한 사람들은 위드와 일행이 나오기만을 기다렸다.

하지만 1시간, 2시간이 지나도 아무런 소식이 없었다.

"마차를 끌면서 천천히 이동했다고 해도 충분히 나왔을 시간이잖아."

"아직도 안 나오는 건 말이 안 되는데."
"입구로 돌아가 보자."
사람들 중 일부는 그대로 출구 쪽에 머무르고, 일부는 안개의 숲 입구로 돌아갔다. 하지만 위드와 일행의 흔적을 찾을 수는 없었다.

안개의 숲 동쪽 구역!
땅에서 수증기가 피어오르고, 나무들이 거친 숨을 토해 낸다.
화악! 화아악!
묘한 느낌이 흐르는 곳이었다.
잠시라도 머무르기 불쾌한 장소.
위드는 이곳에서 토리도를 소환했다.
"콜 뱀파이어 로드 토리도!"
촤르르르르!
대지에서 무엇인가가 요동치는 소리가 들렸다.
어둠 속에서 솟구쳐 날아오르는 박쥐들!
붉게 충혈된 눈을 하고, 송곳니가 뾰족하게 튀어나와 있다.
흡혈박쥐 떼는 기하급수적으로 늘어나서 안개 속을 유영했다. 그러나 위드와 페일, 검치 들을 공격하지는 않았다.

날개를 파닥이며 주변을 낮게 날았다. 일부는 나무와 마차에 거꾸로 매달리기도 했다.

밤의 귀족들의 종복답게 날개를 바싹 접고, 삐죽 튀어나온 송곳니를 드러내면서 우아함을 보여 주었다.

20만 마리 흡혈박쥐 떼에 둘러싸인 메이런과 이리엔, 로뮤나, 수르카, 세에취.

"어머! 이 송곳니 좀 봐."

"어쩜 이렇게 앙증맞을 수 있담."

수르카와 로뮤나는 기뻐서 어쩔 줄을 몰라 했다. 박쥐라고 해서 흉측한 몬스터가 아니라 상당히 귀여웠던 것이다.

세에취는 흡혈박쥐를 손에 잡고 얼굴 가까이에 가져갔다.

"취이익. 예쁘다."

"……."

그러면서 입맛을 다시는 세에취.

주변의 사람들은 그녀가 혹시라도 흡혈박쥐를 먹어 버리는 건 아닐지 걱정해야 했다.

뱀파이어 로드 토리도가 정중하게 무릎을 꿇었다.

"주인, 토둠으로 데리러 왔다."

마지막이니 한껏 예의를 차려 주는 토리도였다.

위드는 고개를 끄덕였다.

"그래. 이제 떠나도록 하지."

토리도는 그 말을 들으며 너무도 기뻤다.

드디어 위드의 폭거와 학정에서 벗어나는 것이다!

토리도가 기고만장하여 내뱉었다.

"우리 왕국에 가면 몸조심해라, 주인! 혹시라도 나 만나지 말고."

"그거 협박이냐?"

"협박이 아니라 진심으로……."

위드는 토리도의 어깨를 주먹으로 가볍게 두들겼다.

"덜 맞았지?"

"그, 그렇지 않다."

"요즘 관절이 찌뿌듯하고 뭔가 개운하지 않게 느껴졌던 거지?"

"지금처럼 몸이 편안했던 적이 없다."

"그럼 역시 덜 맞았네?"

"……."

위드는 다시금 토리도를 겁줬지만 이곳에서 두들겨 팰 의사는 없었다. 검치 들이나 일행이 다들 기다리고 있을뿐더러, 굳이 그런 일을 하며 힘을 뺄 필요도 없는 것이다.

'팰 듯 안 팰 듯 미묘한 완급 조절! 수틀리면 언제든 죽도록 맞을 수 있다는 사실을 각인시켜 주어야 해.'

위드의 철학에 의하면, 매번 무력만 사용하지는 않았다. 반복되는 폭력은 저항심만을 키워 놓기 때문이다.

언제든 때릴 수 있다는 여운을 남긴다. 그리고 불시에 날을 잡아서 제대로 팬다!

그 후에는 아주 잠깐 잘해 준다.

이럴 때 느끼는 정이야말로 뜨거운 것.

그러다 보면 데스 나이트 반 호크처럼 고분고분해지는 것이다.

어쨌든 이런 원칙에 따라서 마지막 순간까지도 토리도를 위협하는 위드였다.

"아무튼 떠나자, 주인!"

"그래."

위드를 선두로 해서 모두들 흡혈박쥐들 위에 올라섰다. 그리고 천천히 하늘 위로 떠올랐다.

거짓말처럼 날고 있는 인간들과 마차들!

마차의 아랫부분에는 흡혈박쥐들이 수도 없이 달라붙어서 이를 떠받치고 있었다.

긴 생머리에 보랏빛 지팡이를 들고 있는 샤먼이 모라타 마을의 입구로 들어왔다.

그녀는 주위를 두리번거렸다.

"이곳이 위드가 있는 장소인가? 이번엔 맞게 찾아온 거겠지?"

그녀의 정체는 다인이었다.

라비아스에서 몬스터들을 상대로 저주와 축복, 치료, 공격 마법을 사용하면서 놀았던 여인!

베르사 대륙에서 퀘스트와 파티 사냥을 위주로 놀고 있을 때였다. 모라타 마을에 빛의 탑이라는 걸출한 조각품이 있다는 소문을 들었다.

그런데 그 조각품을 만든 사람의 이름이 위드라고 했다.

"혹시 내가 알고 있는 그 위드일지도 몰라."

다인이 기억하고 있는 위드는 전투를 제법 잘하는 조각사라는 것밖에 없었다.

그때는 만들어 낸 조각품들도 변변치 않았다. 조각술 스킬도 낮았고, 실제로 조각에도 능숙하지 못했다.

관찰한 몬스터들을 그대로 닮은 조각품들을 깎아 내는 정도였다.

"하지만 지금은 많이 성장해 있을 거야."

다인은 소문을 듣는 순간, 그가 바로 자신이 찾는 위드일 거라고 짐작했다.

위드라는 닉네임을 쓰는 사람은 굉장히 많지만, 조각사는 흔하지 않다.

그리하여 북부로 오는 여행자들에 섞여서 모라타 마을까지 오게 된 것이다.

가스톤과 파보도 모라타 마을에 도착했다.

"겨우 왔군."

"힘들어. 우리처럼 체력도 약한 사람들이 이렇게 먼 곳까지 오다니 말일세."

"암, 중간에 마음씨 좋은 상인이 마차를 태워 주지 않았더라면 정말 힘들 뻔했지."

파보가 감개무량한 듯이 과거를 회상했다.

북부 원정대가 본 드래곤을 사냥했을 당시, 보급대는 브레스를 맞고 전멸했다. 가스톤과 파보도 그때 목숨을 잃을 수밖에 없었다.

"정말 후회되는군. 애초에 뭘 크게 기대했던 건 아니야. 화가인 나나 건축가인 자네나, 그런 전투에서 뭘 할 수 있겠어? 그래도 갖은 고생을 하며 어렵게 따라갔는데 구경도 제대로 못 했지 않은가."

"그러게나 말일세. 누구보다 열심히 해 왔지만 전투만 벌어지면 이렇게 무력할 수밖에 없다니."

건축가와 화가!

직업에 대한 푸념이 나오지 않을 수가 없었다.

원정대가 성공했다는 사실을 텔레비전을 통해서 접하고 다시 접속했다. 그 후에 원정대와 함께 일단은 예술가들의 도시인 로디움으로 돌아갔다.

짭짤한 보상과 명성을 얻을 수 있었지만 뭔가 허전했다.

"파보, 로디움에서 예술가로 성장하는 일에는 한계가 있잖은가."

"응, 그렇지. 한 동네에서는 명성이 정체되어서 오르지 않으니까."

예술가들의 특징이었다.

한 장소에서만 작품 활동을 하면 얻는 명성치가 갈수록 줄어든다. 처음에는 그 차이가 미미한 정도에 불과하지만, 수십 개 이상의 작품을 만들었을 때에는 상당한 격차가 난다.

가스톤의 눈길에 희미한 열망이 어렸다.

"우리 다른 도시로 가 보는 건 어떻겠는가?"

"다른 도시? 새로운 도시에 정착하자는 애기인가?"

"힘은 들겠지만 보람도 있을 거네. 이 로디움에는 화가나 건축가들이 많지만, 베르사 대륙 전체를 뒤져 보면 드문 직업군이니까 말일세. 어딜 가도 밥벌이야 못 하겠나."

"나도 자네의 뜻은 이해하네. 그럼 어느 도시로 가려고 하는가?"

가스톤은 이미 염두에 둔 장소가 있었다.

"모라타에 가려고 해."

"조각사 위드가 있다는 그 마을? 나쁘지 않겠지. 북부에서 했던 모험의 추억도 되살리고 말일세."

"원정대의 꽁무니만 쫓아다녔지 별로 한 건 없었지만, 상당히 즐거웠어."

"죽을 고생도 수없이 했지. 그런데 우리가 갈 수나 있을까?"

실질적으로 그들에게는 새로운 땅에서 자리를 잡는 것 이상으로, 그곳으로 이동하는 자체도 어려움이 많았다.

여기서 가스톤은 한숨을 내쉬었다.

"노력해 보세. 무슨 방법이라도 있겠지."

중년의 두 사람은 그때부터 모라타 마을에 오기까지 숱한 난관을 뚫어야 했다. 위험한 몬스터 무리가 들끓는 지대를 야밤에 넘기도 하고, 때론 추격전을 벌이기도 했다. 죽을 뻔하다가 간신히 안전지대인 마을이나 성으로 도망쳐 들어가서 살아나기도 수차례!

기진맥진하여 길바닥에 쓰러져, 지나가는 상인들의 도움을 받은 적도 있었다.

가스톤이 고개를 저었다.

"정말 우리 같은 직업들은 어디 돌아다니기 힘들어."

파보가 빙긋이 웃었다.

"그래도 무사히 도착했잖은가."

몬스터들이 근처로 다가올 때마다 파보의 땅파기 스킬이 없었더라면 죽었을 뻔했다.

땅을 파고 구덩이 안에 숨어서 몬스터들이 지나가기만을 하염없이 기다린다. 몬스터들의 접근을 사전에 알아차리지

못했으면 쓰지 못할 방법이었다.

화가라 유난히 눈이 좋은 가스톤 덕분에 가능한 일.

사방이 막혀서 피해 갈 곳이 없을 때에도 땅을 파고 숨었다.

화가와 건축가라는 좋지 못한 상성이었지만, 그들 나름대로 생존 방식을 만들어 낸 것이다.

그렇다고 해도 중요한 때마다 상인들이나 북부를 돌아다니는 탐험대를 만나지 못했다면 위기를 무사히 넘기지 못했을 것이다.

다행스럽게도 북부의 중반쯤 왔을 때에는 모라타로 가려고 이동하는 행렬을 만날 수 있어서 비교적 안전하게 왔다.

가스톤이 자신이 입고 있는 옷을 들어 보였다.

"휴우, 옷차림이 말이 아니군."

"일단 씻기나 하지."

가스톤과 파보의 옷은 누더기나 다름없었지만, 주변에 지나다니는 사람들은 개의치 않았다.

"이 마을에 새로 또 여행객들이 왔군."

"고생 좀 했나 봐."

어렵게 모라타까지 온 사람들의 행색이 좋을 수만은 없었다. 상당수 사람들이 며칠째 씻지 않은 몰골을 하고 모라타에 도착했다.

샘가에서 얼굴을 대충 씻어 낸 가스톤은 모라타를 보면서 적지 않게 놀랐다.

'활기가 가득한 도시야.'

파보도 비슷한 생각을 하고 있었다.

'사람이 굉장히 많군. 마을 안에 머무르는 사람만 하더라도 3,000명은 족히 되겠는데.'

마을의 입구는 원래 사람들이 몰려 있는 법이라 잘 몰랐다. 그런데 마을 내에서 바쁘게 걸어 다니는 사람들이 제법 되었다.

상인들을 비롯하여 좌판을 열고 장사를 하는 사람들도 많고, 요리를 만들어서 파는 요리사도 있었다.

"파보, 모라타에 오길 잘한 것 같아."

"새로 개척되고 발전하는 마을이라! 나쁘지 않군. 우리가 여기서 할 수 있을 일이 뭐가 있을지는 모르겠지만 재미있겠는데."

우려와 달리 일감은 금방 나타났다.

근처를 바쁘게 서성이던 모라타의 주민이 파보에게 달려와서 손을 꼭 붙잡은 것이다.

"혹시 건축 일에 종사하지 않으십니까?"

파보는 얼떨떨하게 대꾸했다.

"예, 그렇습니다만."

"잘됐군요! 아내가 얼마 전에 임신을 했지 뭡니까? 곧 아이들이 태어나는데, 집을 새로 지어야 됩니다. 그런데 내가 일손이 바빠서 도무지 시간이 안 납니다. 보수는 섭섭하지

않게 드릴 테니 꼭 좀 맡아 주십시오!"

띠링!

> **마을 주민 두세인의 집**
> 아내와 어린 아기의 보금자리가 되어야 할 집. 최대한 빨리 튼튼한 집을 지어서 그의 근심거리를 덜어 주도록 하자.
> 두세인이 집을 짓고 싶어 하는 장소는 서쪽 사과나무 옆 세 번째 공터이며, 건축 재료로는 나무와 석재를 사용할 수 있다.
> **난이도** : D
> **보상** : 26~309골드.
> 　　　건축 재료와 완공된 집의 크기에 따라 달라짐.
> **퀘스트 제한** : 건축가 직업 한정.

파보는 고개를 크게 끄덕였다.

"맡겨만 주시오. 내 튼튼한 집을 지어 줄 테니. 폭풍우가 몰려와도 끄떡없을 거야."

-퀘스트를 수락하셨습니다.

파보는 석재를 이용해서 주택을 지었다.

집을 짓기 위한 터에는 주택을 지어야 한다면서 동분서주하고 있는 주민들이 많이 보였다. 중앙 대로에는 상가들을 새로 건축하기 위하여 나선 주민들도 보였다.

주민들이 건축을 하면 그 수준이 다소 떨어진다.

양질의 주택이 많을수록 치안과 주민들의 만족도가 향상된다. 일정 수준, 생산력에도 영향을 미친다.

주민들이 지으려는 주택들을 보니 전문적인 건축가의 손길이 필요한 곳이 한두 군데가 아니었던 것.

통지. 모라타 마을의 성벽을 건설함.

우리 마을의 확장과 안정된 치안을 확보하기 위하여 성벽을 개축함.

관심 있는 자들은 모두 참석하기 바람.

마을 외곽의 성벽을 새로 개설하겠다는 공고문까지 붙어 있었다.

모라타는 낙후된 마을이었다. 길도 새로 내야 하고 수로도 만들어야 한다.

대규모 투자에 따라, 열악한 모라타의 환경이 극적으로 변화하는 중이었다.

기회였다.

건축가에게는 최고의 퀘스트라고 할 수 있다.

도시의 발전에 적극적으로 참여할 수 있는 기회!

파보는 옷소매를 걷어붙였다.

"빨리빨리 움직여야겠어! 일손이 매우 부족해. 맡은 일을 다 해내려면 철야를 하더라도 모자라겠는걸."

"허허, 참 좋겠군."

가스톤은 바쁘게 일하는 파보를 보며 부러움을 감추지 못했다.

그들의 직업이 가장 서러운 것은 일감이 없을 때였다.

애써 노력해서 만들어 낸 작품들이 헐값에 팔려 나가거나, 아무리 발버둥 쳐도 몇 안 되는 퀘스트로 먹고살기에는 배가 고팠다.

하지만 이곳 모라타에는 일감도 많고, 건축가로서 인정도 받고 있다. 이렇게 신이 날 수가 없는 것이다.

'건축가는 그래도 훨씬 낫지. 예술 계열 직업인 나는 어디를 가도 인정을 못 받는 팔자로군.'

그러나 가스톤도 놀고 있을 수만은 없었다.

주민들이 그에게도 찾아왔다.

"화가이시죠? 새로 장사를 하려고 하는데 제 가게의 간판을 좀 그려 주셨으면 합니다."

그쯤이야 어려운 일도 아니라서 쉽게 해 주었다.

그랬더니 마을 장로까지도 찾아왔다.

"완성될 성문에 마을을 상징하는 그림을 그려 주셨으면 합니다."

각종 건축물들이 세워지면서 가스톤이 해야 할 일도 생겨났다.

인근 지역 몬스터 분포도를 그려 달라는 치안대의 의뢰도 받았다. 지도가 완성되면 모험가들에게 판매되면서 명성을 얻을 수 있다.

영주성에 걸어 놓을 그림들도 주문을 받았다.

마을 장로가 말했다.

"우리 영주님께서는 예술을 사랑하는 분이시지. 영주님께서 허락하신 것은 아니지만, 내 생각에 화가들에 대한 지원을 아끼지 않아야 할 것 같아."

위드가 내놓은 거금이 마을 발전을 위하여 투자되고 있다. 그 돈을 위임받은 마을 장로가, 프레야 교단에 대한 헌금은 물론이고 예술과 문화에 많은 액수를 배분하는 중이었다.

위드와 일행은 흡혈박쥐들을 타고 날아갔다.

"끼야아아악!"

고소공포증이 있는 수르카의 비명!

체구도 크고 힘도 좋은 와이번이 아니었다. 가녀리고 날개도 빈약한 박쥐들이 있는 힘을 다하고 있다.

파다다닥! 파다다닥!

아래로 시선을 내릴 때마다 박쥐들 사이로 지상이 훤히 내려다보였으니 공포심이 더욱 극대화되었다.

메이런은 충격이 큰 모습이었다.

"모험의 시작이 이런 것이라니······."

장대한 자연 속에서 평생 잊지 못할 퀘스트를 수행한다. 이처럼 모험에 환상을 가지고 있던 메이런에게는 시작부터 불길하기만 한 일이었다.

페일이 그녀를 딱하다는 듯이 보았다.

"메이런 님."

"네?"

"박쥐들이 무섭죠?"

"그야······."

"그래도 박쥐들을 타고 뱀파이어들의 도시로 향하는 경험은 다시는 해 볼 수 없을 겁니다."

메이런은 수긍했다.

기대가 약간은 깨진 것도 사실이지만, 지금이 아니라면 도대체 언제 박쥐들을 타고 이동할 수 있겠는가!

지상에서 그들을 본 사람이 있다면 검은 박쥐 떼에 묻혀서 움직이는 모습이 대단하다고 생각할 수도 있다.

'위드 님과의 모험이라.'

페일도 기대가 되는 건 마찬가지였다.

천공의 도시 라비아스 이후로는 위드가 이미 갔던 장소를 쫓아다니기만 했다. 직접 퀘스트와 모험을 진행하는 건 오랜만이었다.

한참을 박쥐를 타고 날아가니, 모라타에서 까마득히 거리가 멀어졌다.

먼 곳에 호수가 펼쳐지고, 산맥들이 손톱보다도 작아졌다. 북부의 마을들이 깨알처럼 보일 정도로 높은 상공까지 올라왔다.

그 상태에서 정지!

흡혈박쥐들은 제자리에서 날갯짓을 했다.

잠시 기다리다가 위드가 물었다.

"토리도, 이제 도착한 거냐?"

"아니다, 주인."

토리도는 느긋한 목소리로 대답했다.

"그럼 얼마나 더 가야 되는데?"

"아니다. 장소는 이곳이 맞다."

"그런데 왜?"

"주인, 뱀파이어 왕국 토둠은 밤의 귀족들의 세상이다. 훤한 대낮에 들어갈 수 있을 리가 없지 않은가!"

"그러면……."

"밤이 될 때까지 기다려야 된다."

결국 하늘에 매달린 채로 대기해야 한다는 소리.

토리도가 당연한 듯이 내뱉은 말을 들은 위드는 한숨을 푹 쉬었다.

'내 팔자가 이렇지. 이 무식한 놈들 때문에 하루도 피곤하지 않은 날이 없어!'

위드는 후회스러웠다. 패야 할 때 패지 않은 자신이!

"토리도."

"왜 그러는가?"

"이리 가까이 와라."

"그게… 가고 싶지 않다."

토리도도 눈치는 있었다. 하지만 위드는 밝게 웃었다.

"잠시 후면 넌 내 부하가 아니게 되지 않느냐?"

"그렇다."

토리도가 송곳니를 드러내며 히죽 웃었다.

"마지막인데 그래도 작별 인사는 해야 될 것 같아서. 참, 내 조각품을 좋아했지?"

"조각품을 주는 것인가, 주인? 주인이 만든 조각품은 매우 아름답다."

토리도가 다가왔다.

조금의 의심도 없이 천진난만한 얼굴로!

'역시 무식한 놈.'

위드의 눈가가 가늘게 좁아졌다. 그리고 시작된 구타!

파바바바바박!

시원하고 경쾌하게 울리는 소리.

마판이야 늘 보아 왔던 광경이었으니 새삼스러울 게 없었다. 페일도 유린도, 보기만 할 뿐 말려 주지는 않았다.

화령은 은근히 눈을 빛냈다.

"사내다워. 정말 멋지잖아."

콩깍지가 단단히 씌었다. 위드의 어떤 행동도 좋게 보였다.

검치가 고개를 끄덕였다.

"내가 가르치긴 제대로 가르쳤어."

검둘치가 위드의 손 속을 확인하고는 공감했다.

"역시 때린 데만 패는군요."

검삼치는 손이 간지러운 듯 긁어 대고 있었다.

"나도 좀 패고 싶은데……."

검사치도 슬그머니 욕심이 났다.

"사형들, 저런 뱀파이어 하나 있으면 심심할 때마다 팰 수 있으니 좋을 텐데 말입니다."

"검사치 사형, 우리도 기회가 되면 하나 구해 보지요."

"그래야겠다."

세에취는 고개를 저을 수밖에 없었다.

어떻게 된 무리에 정상인이라고는 1명도 없다!

'속 좁고 쪼잔하며 돈 밝히면서 폭력적이기까지 하다니!'

세에취는 심리학 박사답게 정확하게 위드를 읽어 냈다. 그럼에도 그녀 또한, 토리도가 맞는 것을 별로 말려 주고 싶진 않았다.

위드의 구타에서는 손맛이 느껴졌다.

크고 강한 울림 뒤에는 반드시라고 해도 좋을 정도로 빠른 연속 공격이 들어간다.

위드는 토리도를 때리면서 다양한 싸움 기법을 연마하고 있었던 것!

연환권이나 연환 검술 등의 스킬은 기본적인 범주에 속했다.

스킬이 발동될 때마다 주기적으로 큰 힘이 발생하는데, 이를 몬스터를 향해 적중시키면 된다. 하지만 중간에 힘을 잘못 조절하거나 엉뚱한 공격을 해서 흐름이 끊어지면 스킬도 강제 취소된다. 스킬을 빠르게 발동시키고 운용하는 데에는 전투 실력이 필요했다.

이 때문에 로열 로드는 스킬과 레벨이 전부가 아니었다.

세에취는 심취했다.

'정말 제대로 패는구나!'

모두들 위드의 구타를 보면서 배울 점이 없는지를 살피고 있었다. 직업이 권사인 수르카는 자신보다도 더 주먹을 잘 다루는 위드를 보며 분발을 다짐할 정도였다.

그렇게 한참을 패던 와중에 날이 저물었다.

이제 토둠의 문이 열릴 시간이었다.

하늘이 아닌 지상에!

쿠르르릉!

땅에 있는 늪지에 깊고 깊어 그 끝을 알 수 없는 구멍이 뚫렸다.

토리도가 말했다.

"저곳이 이블 홀. 우리의 왕국인 토둠, 우리의 도시인 토둠으로 가는 입구다."

토리도의 설명이 끝나기 무섭게 흡혈박쥐 떼가 본능에 이끌린 것처럼 구멍을 향해 빠르게 하강했다.

"꺄아아아악!"

수르카의 여린 비명!

거의 동시에 토리도의 음흉한 목소리가 터져 나왔다.

"바, 밤의 귀족들의 왕국! 토둠에 들어가는 것을 환영한다! 크흐흐흐흐흘."

to be continued

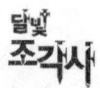

만렙닥터 리턴즈

13월생 현대 판타지 장편소설

**인생 2회 차 경력직 신입
칼솜씨도, 인성도 '만렙'인 의사가 돌아왔다!**

만성 인력난에 시달리는 흉부외과에 들어온 인턴
메스도 잡아 본 적 없는 주제에
죽을 생명을 여럿 살려 내기 시작한다?

"이 새끼, 꼴통 맞네."
"죄송합니다."
"잘했어!"
"네?"

출세만을 좇으며 살았던 전생
이렇게 된 이상 인생도 재수술 한번 가자!

**무대뽀(?) 정신으로 무장한 회귀 의사
이제부터 모든 상황은 내가 집도한다!**